DE CÓMO tía Lola

aprendió a enseñar

DE CÓMO **tía Lola** JULIA ALVAREZ

aprendió a enseñar

Traducción de
Mercedes Guhl

A Yearling Book

All rights reserved. Published in the United States by Yearling, an imprint of Random House Children's Books, a division of Random House, Inc., New York. Originally published as *How Tía Lola Learned to Teach* in hardcover in the United States by Alfred A. Knopf, an imprint of Random House Children's Books, New York, in 2010.

Yearling and the jumping horse design are registered trademarks of Random House, Inc.

Visit us on the Web! www.randomhouse.com/kids

Educators and librarians, for a variety of teaching tools, visit us at www.randomhouse.com/teachers

Library of Congress Cataloging-in-Publication Data
Alvarez, Julia.
[How Tía Lola learned to teach. Spanish]
De cómo tía Lola aprendió a enseñar / Julia Alvarez ; traducción de Mercedes Guhl. — 1st Yearling ed.
p. cm.
Summary: Juanita and Miguel's great-aunt, Tía Lola, comes from the Dominican Republic to help take care of them after their parents divorce, and soon she is so involved in their small Vermont community that when her visa expires, the whole town turns out to support her.
ISBN 978-0-375-85793-5 (pbk.) — ISBN 978-0-375-98467-9 (ebook)
[1. Great-aunts—Fiction. 2. Dominican Americans—Fiction. 3. Family life—Vermont—Fiction.
4. Community life—Vermont—Fiction. 5. Schools—Fiction. 6. Divorce—Fiction.
7. Vermont—Fiction. 8. Spanish language materials.] I. Guhl, Mercedes. II. Title.
PZ73.A49367 2011
[Fic]—dc22
2011003734

Printed in the United States of America

10 9 8 7 6 5 4 3 2 1

First Yearling Edition 2011

A mi querida tía Rosa,
segunda madre,
que vive por siempre en
mi corazón
1928-2008

contenido

antes que nada

Coser y cantar, todo es empezar

En medio del invierno en Vermont, tía Lola se siente sola por tener que pasar todo el día en la casa, sin ninguna compañía.

Temprano en las mañanas es feliz, cuando despierta a Miguel y Juanita, y los alista para ir a la escuela. Corre por el camino de entrada hacia el autobús escolar que los espera y les dice adiós con la mano, y más tarde despide también a la mamá de los niños cuando sale para su trabajo.

—¡Adiós! ¡Adiós! ¡Adiós! —grita tía Lola. Su aliento se pierde en el aire frío. Los campos nevados se extienden a su alrededor. Cierra la puerta de la enorme casa, fría y vacía.

De repente, alcanza a distinguir los latidos de su corazón, el zumbido del refrigerador, el ruido de la calefacción, el picoteo de un pajarito que saca semillas de un alimentador que cuelga fuera de la ventana. Enciende la televisión para que la acompañe, pero como ella no habla casi nada de inglés, no puede entender lo que dicen todas esas personitas dentro de esa caja.

Cuando el teléfono suena a mediodía, tía Lola lo atiende al primer timbrazo. Es Mami, que quiere saber cómo va su día.

—¡Bien! ¡Bien! —contesta, y su voz se anima como quien le pusiera aire a una goma desinflada. No quiere que Mami se vaya a preocupar. O que Miguel y Juanita vayan a pensar que su tía de República Dominicana no está contenta de vivir con ellos en Vermont, cuidándolos.

Pero tía Lola necesita algo qué hacer.

Es por eso que cuando el teléfono suena una fría noche de enero, para transmitir una curiosa petición de la directora de la escuela, tía Lola dice: —¡Sí, sí, sí! —incluso antes de saber bien qué es lo que acepta hacer.

Mami le traduce a la directora la respuesta. —Le encantará ir a la escuela todos los días junto con Juanita y Miguel —continúa Mami en inglés.

—¡¿Que tía Lola qué?! —pregunta Miguel en inglés, sin poder creer que su mami acepte la petición de la señora Stevens sin consultarles primero a él y a Juanita, su hermana menor. Ahora él se convertirá en el hazmerreír de la Escuela Primaria Bridgeport. Esta vez ya no será porque su apellido Guzmán en inglés significa una cosa absurda, el hombre-ganso o *Gooseman*, o porque se ve diferente de todos los demás niños de su curso. Será porque va a llevar a la escuela a su tía, como una especie de niñera chiflada, y que además no habla inglés. —¿Pero qué va a hacer tía Lola en la escuela todo el día?

La tía recita uno de sus famosos refranes: —Coser y cantar, todo es empezar —o sea, una manera de decir que no importa lo que uno haga, lo importante es lanzarse y ya—. Iré todos los días, y puedo limpiar los salones o cocinar, o pintar el edificio de un bonito color brillante —ofrece ella en español.

Mami rechaza con un gesto todas estas propuestas. —No, no, no, tía. Lo que la señora Stevens quiere es que les enseñes algo de español a los niños.

La boca de tía Lola se abre, pero de ella no sale ninguna palabra, ni en inglés ni en español.

—Sucede que hay varios niños hispanohablantes en la escuela —le explica Mami—, además de ustedes dos —señala a Miguel y Juanita—. Dice la señora Stevens que hay mexicanos.

—Hay una en mi clase —interviene Juanita—. Se llama Ofelia, pero todos le decimos Ofie.

En realidad, Ofie está en segundo y Juanita en tercero, pero este año en Bridgeport los alumnos de segundo y tercero, así como los de cuarto y quinto, tienen clases en común. Parece ser que se debe a que muy pocos niños se inscribían en esos cursos, y la directora no tenía suficiente dinero para contratar más profesores.

—Es una magnífica oportunidad para los niños

3

de aprender algo de español —dice Mami—. Pero la señora Stevens no tiene presupuesto para contratar profesores, y por eso espera que tú lo hagas en forma voluntaria, tía. Que vayas y les enseñes a los niños una que otra palabra, bailes folclóricos, canciones, que les cuentes cuentos... —Mami está haciendo un gran esfuerzo para que todo el asunto parezca sencillo y divertido. Pero el terror pintado en la cara de tía Lola hace que hasta el mismo Miguel la quiera convencer de que no tiene por qué preocuparse.

—¿Qué pasa tía Lola? —pregunta Juanita inclinando la cabeza, como si desde ese nuevo ángulo pudiera entender lo que le sucede a su tía. La ha oído decir muchas veces que quiere tener algo que hacer en esos días tan largos en los Estados Unidos. ¿Por qué no le gusta esta maravillosa propuesta?

—No puedo enseñar —dice tía Lola, y se ve más preocupada de lo que jamás la han visto antes.

—¿Por qué?

—*Why not?*

—¿Por qué *not*? —preguntan todos al mismo tiempo, Mami en español, Miguel en inglés y Juanita en *spanglish*.

—Porque... —comienza tía Lola, pero baja la cabeza y no puede continuar.

—Acuérdate de lo que tú misma nos dijiste, tía —le dice Mami para darle ánimos—: Coser y cantar, e incluso enseñar...

4

—Todo es empezar —murmura tía Lola, como si ya no creyera en el viejo refrán.

—La única manera de aprender es dando el primer paso —añade Mami mientras mete otro leño a la chimenea—. Míranos, cuando nos mudamos aquí hace un año, ¿quién hubiera pensado que esta vieja casa de granja, en la cual se colaban corrientes de aire frío por todas partes, se convertiría en un hogar cálido y acogedor para nosotros? Unas semanas después, cuando llegaste a visitarnos, tía Lola, ninguno pensó que te quedarías a vivir con nosotros. Todos estos cambios empezaron sin que supiéramos cuál sería el siguiente paso. ¡Y aquí estamos! —Mami sonríe entusiasmada.

El fuego chisporrotea alegremente. Afuera cae la nieve con suavidad. Pronto el campo se verá tan blanco y vacío como una página de papel justo antes de empezar a escribir en ella.

lección 1

Las buenas razones cautivan los corazones

—Mami, ¿por qué le da tanto miedo a tía Lola ser profesora? —pregunta Juanita. Mami la está acostando. Juanita ha estado rogando porque la deje quedarse cinco minutos más para así poder leer otro capítulo de su libro. Pero su mamá ya ha establecido que de lunes a jueves la luz debe apagarse a las ocho de la noche. De lo contrario, Juanita estará muy cansada para prestar atención como se debe en sus clases del día siguiente.

Mami suspira: —Creo que no se siente segura de hacerlo porque no pasó de cuarto curso de primaria.

—Yo tampoco he estudiado hasta cuarto —le recuerda Juanita.

—Ya lo sé —y le sonríe con afecto—. Pero sucede que tú apenas tienes ocho años, mientras que tía Lola

7

ya tiene más de cincuenta. Siente que no es lo suficientemente inteligente como para enseñarles a los niños de tu escuela.

—¡Pero eso es ridículo, Mami! —dice Juanita con aires de importancia. Decir que algo es "ridículo" la hace sentir tan adulta—. Tía Lola sabe muchísimas cosas. Todas esas historias y canciones y refranes. Y sabe cocinar, y cómo hacer amigos... —y se le acaba el aliento antes de terminar de enumerar la cantidad de cosas que su tía Lola sabe hacer.

—¿Me harías un favor, Nita bonita? —su mamá siempre la llama por su sobrenombre, Nita, y añade la palabra "bonita" cuando va a pedirle algo que requiere un esfuerzo especial—. ¿Podrías repetirle a tu tía eso que acabas de decirme? Dile que te encantaría que fuera a tu escuela. Que será lo mismo que cuidarlos a Miguel y a ti, pero que habrá además unos cuantos amigos...

—Como setenta y cuatro amigos... perdón, setenta y seis si nos cuentas a Nita y a mí —dice Miguel desde la puerta. Debe haber oído a su mamá hablando de la invitación de la señora Stevens.

Mami observa a Miguel con cautela, tratando de descifrar sus sentimientos. Ella trabaja en la universidad, orientando a estudiantes que están confundidos o que tienen problemas. Pero Miguel no está en una situación ni en la otra. Nada más cree que los adultos deberían trabajar en un sitio diferente y no en el mismo lugar donde estudian sus hijos.

—¿No quieres que tu tía Lola haga trabajo voluntario en tu escuela? —pregunta Mami.

Miguel hace un gesto incómodo. No está seguro de querer tener a su tía en su escuela todos los días de la semana. Pero su mamá se ve decepcionada. —¿Qué tal si tía Lola solo va de vez en cuando? —sugiere Miguel.

—Miguel Ángel Guzmán, ¡acabas de tener una idea brillante! —exclama su mamá.

—¿De verdad? —pregunta Miguel incrédulo.

—¿En serio? —pregunta Juanita.

Mami asiente sin hacer caso de las chispas que vuelan entre los dos hermanos. —Creo que para tía Lola será menos intimidante empezar yendo a la escuela un día a la semana. Seguramente así lo verá como una visita más que como ir a enseñar. Y una vez que se vaya acostumbrando, puede ir con más frecuencia.

Ojalá eso no pase sino hasta dentro de año y medio, cuando yo ya haya terminado la primaria, piensa Miguel para sus adentros. Pero tiene buen cuidado de no decirlo. No quiere hacer enojar a su mamá, que aún puede estar supersensible. Hace un año, en Navidad, sus papás se separaron. Papi se quedó en Nueva York y Mami se mudó a Vermont, con un empleo en la universidad, y se llevó a Miguel y a Juanita con ella. Fue por eso que tía Lola vino desde República Dominicana para ayudarla con los niños. Miguel no puede negar que desde que su tía llegó, su mamá está mucho más contenta. Pero la tía en sí parece más triste.

—¿Puede ir mañana? —pregunta Juanita con vocecita alegre y mirada brillante y esperanzada.

—No veo por qué no. Pero voy a necesitar que ustedes dos me ayuden a convencerla, ¿está bien?

Juanita asiente entusiasmada. Miguel asiente también. Al fin y al cabo, fue su gran idea.

❖❖❖

Juanita se levanta temprano a la mañana siguiente. Ni siquiera se molesta en asomarse a la ventana para ver el campo de atrás cubierto de nieve recién caída. En lugar de eso, baja las escaleras a toda prisa, con la esperanza de convencer a tía Lola de que vaya a la escuela hoy.

La encuentra en la cocina, friendo tostones y tocineta. —Buenos días —saluda alegre su tía en español—. ¿Qué haces levantada tan temprano?

—Oh... yo... yo solo quería... —por alguna razón le cuesta mucho explicar lo que le sucede. En parte se debe a que tiene que expresarse en español, y solo cuando Miguel anda por ahí es que su español mejora de verdad.

Tía Lola le guiña un ojo: —No por mucho madrugar amanece más temprano.

Es uno de los refranes preferidos de su tía, que Juanita no entiende del todo. Siempre lo repite cuando alguien está demasiado ansioso con respecto a algo.

—Deja que termine con esto y después te ayudo a

prepararte para la escuela —le dice, y se vuelve hacia la estufa. Por lo general, le hace las trenzas a Juanita o le ayuda a encontrar un calcetín perdido o le plancha lo que quiera ponerse ese día.

Este es el momento, ahora o nunca, piensa Juanita, y toma aire. —Tía, ¿no vas a prepararte también? —La tía tiene puesta una bata colorida con loros y otros patrones florales y un arcoiris cruzado en el hombro derecho. Se ve igual que todas las mañanas, y no como si fuera a ser maestra voluntaria de español en la escuela.

—¿Prepararme para qué? —pregunta su tía.

—Para ir a la escuela con nosotros hoy.

Tía Lola niega con la cabeza antes de que Juanita termine la frase. —Tal vez otro día.

—No quiere venir con nosotros —le dice Juanita a Miguel, que acaba de entrar—. Tal vez si tú la invitas.

Miguel no tenía planes de poner en práctica su gran idea tan pronto. Pero el simple hecho de que su hermana menor confiese que él sí puede hacer algo que ella no, lo hace sentir capaz de lo que sea.

—¿Sabes qué día es hoy, tía?

Tía Lola pone cara de no saber. Al igual que Juanita. Mami acaba de entrar de despejar la nieve que cubría el carro. —¿Hoy? ¿Qué día es hoy?

—Hoy es... —Miguel tiene que pensar rápido. Le lanza una mirada pidiendo ayuda a Juanita. "¡Auxilio, sácame de esta!"

—Hoy es un día muy especial, extraordinario,

11

fabuloso —a Juanita no se le ocurren más adjetivos para aplicarle al día. Apenas está en tercero de primaria.

—Hoy... —retoma Miguel, pero también se le pone la mente en blanco. Las siete de la mañana no es la mejor hora del día para ser creativo.

Pero parece que para Mami sí es buena hora.

—Cierto, ya me acuerdo. Hoy es el Día de Llevar una Persona u Objeto Especial a la Escuela, ¿o me equivoco? —Mami mira de reojo a Miguel y a Juanita, que están haciendo grandes esfuerzos por no reír.

—Y Juanita y yo te escogimos como nuestro objeto especial... perdón, persona especial —dice Miguel sonriendo. Espera que tía Lola entienda que esa confusión fue una pequeña broma.

Pero su tía no le devuelve la sonrisa. En lugar de eso, mira detenidamente a Miguel, después a Juanita y por último a Mami. Sus ojos preguntan: "¿Es una broma?" Finalmente, se quita el delantal y se alisa el pelo. —Las buenas razones cautivan los corazones.

Juanita no está segura del significado de lo que su tía Lola acaba de decir en español. Pero si le pide que empiece a traducir y explicar, nunca van a estar listos para cuando llegue el autobús. —¿Entonces, vienes con nosotros?

—¿Hoy solo? —añade Miguel, en español.

—Solamente hoy —lo corrige su tía—. Y también puedes decir "hoy solamente".

Miguel piensa que no va a tener problemas para enseñar español en su escuela. Lo único que necesita tía Lola es un poco de confianza en sí misma.

—Hoy solamente, solamente hoy —practica Juanita, presumiendo su pronunciación perfecta. Miguel suelta un gemido. Ante sus ojos tiene a alguien que no necesita más confianza en sí misma.

—Vuelvo en un minuto. Dejen que me cambie y me retoque la cara —y tía Lola sube las escaleras corriendo.

Miguel sabe lo que su tía va a hacer ahora. Su característico lunar va a reaparecer en otro lugar de su cara. Su vestimenta será tan colorida como siempre, pero un vestido reemplazará a la bata. Su pañuelo amarillo favorito pasará a estar anudado a su cuello. En su floreado bolso de tela llevará una botella de agua bendita para esparcir en el salón de clase. No hay problema, mientras no le dé por recorrer los pasillos encendiendo velas y quemando incienso y hierbas para expulsar los malos espíritus.

Miguel suspira. Va a ser un largo día en la Escuela Primaria Bridgeport.

●●●

—¿Estuvo bien mentirle a tía Lola? —se pregunta Juanita preocupada, en voz alta. Mami acaba de llamar a la señora Stevens para avisarle que tía Lola irá a la escuela hoy.

Miguel suelta un gruñido. Su hermana tenía que echar a perder su triunfo al preguntar si había sido lo correcto.

13

Pero Mami disipa las preocupaciones de Juanita.

—Es una mentirita piadosa, no más.

Mami les ha explicado que a veces es necesario decir una medio mentira inofensiva para no herir los sentimientos ajenos. Por ejemplo, decir que Mami no está en casa aunque en realidad sí esté en la planta alta, terminando un informe que debe entregar al día siguiente, porque no quiere que la interrumpan. Otro ejemplo: si Papi le pregunta a Miguel cómo le va, puede decir "bien" a secas, aunque en realidad se sienta triste ahora que sus papás están divorciados, tras meses de separación. Tenía esperanzas de que cambiaran de idea y se reconciliaran.

—Miren, en realidad estamos ayudando a tía Lola, pues necesita salir de la casa.

—¿Y no puede conseguirse un trabajo? —sugiere Miguel. ¿No se supone que eso es lo que hacen los adultos?

—Su tía ya tiene un trabajo aquí, ayudándome a cuidarlos a ustedes —le recuerda Mami. En Vermont no hay montones de cursos y actividades extraescolares como sí sucedía en la ciudad, ni hay familiares cerca, como sus abuelitos en Brooklyn, dispuestos a dejar todo de lado para venir a cuidarlos.

—Creo que hicimos lo indicado —Mami mira el reloj de la cocina—. Apúrense y llamen a tía Lola para que baje. Al fin y al cabo, no querrán perder el autobús el día de la primera visita de ella a la escuela.

Mientras los niños se apresuran a recoger sus cosas,

Miguel recuerda algo que quería preguntarle a su madre. —¿Crees que la tía sospeche que le dijimos una mentira piadosa con eso del día especial en la escuela? —después de todo, si van a fingir algo, más vale que sepan hasta dónde pueden llegar.

Mami lo piensa unos momentos, mientras se seca las manos más despacio y meticulosamente que de costumbre. —Pues dijo una cosa que me hace sospechar que sabe que tenemos algo entre manos —explica—. Las buenas razones cautivan los corazones —cita Mami en español, para seguir luego en inglés—. Se da cuenta de que estamos tratando de hacerla sentir menos sola, y eso la convenció. Tiene miedo de ir con ustedes a la escuela, pero a la vez siente ganas de hacerlo.

—Pero solo por hoy, ¿verdad? —pregunta Miguel. No le importa ceder ante las buenas intenciones si es nada más por una vez.

lección 2

En el país de los ciegos, el tuerto es rey

Tía Lola es todo un éxito el primer día que va a la escuela.

Antes de que el autobús tenga tiempo de estacionarse a su llegada, ya le ha enseñado a todo el mundo a recitar: "Pollito, *chicken*; gallina, *hen*", un versito muy sencillo que ayuda a aprender una serie de palabras en inglés y en español. "Lápiz, *pencil*; pluma, *pen*".

Al bajarse del autobús, la señora Stevens está en la entrada para estrecharle la mano a cada uno de los alumnos.

Tía Lola no tiene por qué saber que la directora hace eso mismo todos los días, y piensa que está dándoles la bienvenida con tanto entusiasmo porque hoy es el Día de Llevar Objetos o Personas Especiales a la Escuela. Y tía Lola no pregunta por qué parece ser ella la única visitante.

—Me alegra tanto que se hubiera decidido a venir —le dice la señora Stevens en inglés a tía Lola y le estrecha la mano calurosamente. Y la tía no solo le devuelve el apretón sino que la rodea con los brazos para darle un enorme abrazo. Y la directora, que es una señora muy correcta, se ríe.

—Esto es un abrazo —dice tía Lola, y mira a Miguel para pedirle que traduzca.

—Abrazo, así se dice *hug* en español —explica Miguel.

—Abrazo —repite la directora, para practicar la nueva palabra en español, y luego pasa a inglés para preguntarles a Miguel y a Juanita cómo puede darle la bienvenida a tía Lola a su escuela, pero en español.

—Bienvenida a Bridgeport —salta ella, que entendió suficiente de la pregunta de la directora como para responderla. Pareciera como si, una vez que se hace amiga de la gente pudiera entender lo que dicen en inglés.

La señora Stevens repite la frase varias veces, hasta que tía Lola la festeja diciendo: —¡Excelente! —que ni Miguel ni Juanita se molestan en traducir, por ser tan parecida a la palabra en inglés, *excellent*.

***

La directora sugiere que tía Lola empiece visitando el curso de Juanita, y después el de Miguel, para así familiarizarse con la forma en la que se llevan las clases antes de que ella se las arregle por sí misma en otros cursos.

—Esta es mi tía Lola —dice Juanita en inglés, presentando a su tía ante el grupo que combina alumnos de segundo y tercero, y a la señorita Sweeney, su maestra. Explica que la palabra tía quiere decir lo mismo que *aunt* en inglés. Desde su silla, dispuesta en círculo con las demás, Ofie asiente con orgullo, como si Juanita y ella fueran las inventoras de la lengua española.

Milton levanta la mano. Es un niño que siempre tiene alguna pregunta qué hacer. Si alguien llegara corriendo al salón gritando "¡Fuego!", Milton probablemente levantaría la mano para preguntar dónde estaba el incendio y averiguar qué podía haberlo causado.

—¿Quieres preguntar algo? —dice la señorita Sweeney con amabilidad, como si aún quedara alguna duda de que Milton quería hacer una pregunta.

—Ya que no es tía nuestra, ¿cómo se supone que la debemos llamar?

La señorita Sweeney se vuelve hacia Juanita: —¿Podrías preguntarle a tu tía cómo quiere que le digamos todos los demás?

Juanita cree que ya conoce la respuesta, pero como quiera transmite la pregunta. Luego de que tía Lola responde, Juanita traduce: —Dice que quiere convertirse en tía Lola de todos mis amigos.

Milton levanta la mano nuevamente.

—¿Alguien tiene otra pregunta? —la señorita

18

Sweeney mira a su alrededor, y como nadie más levanta la mano, le hace una seña a Milton para que hable.

—¿Y qué pasa si no somos amigos de Juanita... al menos no todavía? —pregunta.

Durante un instante, antes de que Milton agregue la segunda partecita de su pregunta, una sombra de preocupación cruza el ceño de la maestra. Es su primer año enseñando, y por eso se esfuerza mucho para que todo vaya en orden, a pesar de que lograrlo requiera no perder ni un detalle y estar siempre atenta.

—Exactamente, Milton —dice aliviada—. Todos los alumnos de Bridgeport son amigos entre sí, o llegarán a serlo. Así que la llamaremos tía Lola, todos —le dirige una sonrisa a la tía, quien le planta un beso en la mejilla a la maestra, como si fueran amigas de toda la vida.

✸✸✸

La señorita Sweeney pregunta si alguien quiere saber algo de tía Lola. Esta vez, la mano de Milton no es la única que se levanta.

—¿Dónde queda la Dominicana? —quiere saber Chelsea.

—¿Alguien, además de Juanita, conoce la respuesta? —pregunta la maestra Sweeney. Probablemente piensa que Juanita levantó la mano porque lo sabe, pero en realidad lo que la niña quiere hacer es explicar que el nombre del país es República Dominicana, y no solo "la Dominicana". Sería como referirse a los Estados Unidos simplemente como "los Unidos".

La señorita Sweeney le indica a Ofie que hable, y ella dice que supone que la República Dominicana queda cerca de México.

—Sí, relativamente cerca —añade amablemente la maestra, y despliega el mapa que está enrollado encima del pizarrón.

La cara de tía Lola se ilumina al ver su pedacito de país, al sur de la Florida, flotando en el océano. Toca el punto donde está la isla y dice en voz alta: —¡Cierren los ojos, abran la imaginación!

Juanita traduce al inglés lo que su tía acaba de decir en español.

Y no sabe si será nada más su imaginación, pero de repente el salón de clase se llena con el chillido de mil cotorras. Las olas del mar rompen contra el pizarrón, y las flores del bosque tropical se asoman a las ventanas cubiertas de vapor cálido. El sol se siente tibio sobre su piel, y sus pies se hunden en la suave arena. Juanita oye a sus compañeros hablando en español. ¡Caramba! Ella sabía que su tía era especial, pero esto es extraordinario y completamente sorprendente.

—¡Ya! —dice tía Lola y da un golpe de palmas. Juanita se desprende de las maravillas del trópico. Sus compañeros también se restriegan los ojos y mueven la cabeza sin entender bien lo que acaba de suceder. Todos se ven bronceados, y parecen muy impresionados. Hasta

Milton guarda silencio, aunque tiene la boca abierta de perplejidad. Hannah, una niña tímida y callada, manifiesta lo que todos sienten cuando dice: —Eso... eso fue... fue increíble.

En la puerta del salón aparece Miguel para llevar a tía Lola a su salón.

—Adiós, tía Lola —la despiden todos los niños en español—. ¿Cuándo vas a volver? —pues no todos los días tienen visitantes tan interesantes.

—La próxima vez que organicen un Día de Traer Objetos y Personas Especiales —responde ella en español y le pide a su sobrina que traduzca.

Juanita y Miguel se miran entre sí. Su mentirita piadosa se está agrandando y dejando de tan piadosa.

●●●

Tía Lola parece pensativa mientras camina por el pasillo con su sobrino. —¿Por qué no traduciría tu hermana lo último que dije?

¿Habrá llegado el momento de confesarle la verdad a su tía?, se pregunta Miguel. Pero si se lo dice ahora, echará a perder la visita a su clase. Y el final del día escolar llegará pronto.

—A lo mejor Juanita la estaba pasando tan bien que se le olvidó traducirlo —dice, y en cierta forma es la verdad. De hecho, cuando Miguel abrió la puerta del salón de su hermana, toda la clase parecía estar en una especie de trance. Él mismo había sentido una oleada de aire cálido y soleado en la cara. Y no fue solo eso: ¡también le pareció haber oído chillar cotorras! ¿Cotorras en Vermont, en pleno invierno? Era como si el salón entero de Juanita estuviera bajo un conjuro de magia. —¿Acaso hiciste algo de magia, tía? —le pregunta Miguel en forma muy directa.

Tía Lola se ríe, y niega con la cabeza. —No hice nada —le contesta en español, y le explica que los niños solo usaron su imaginación.

—Los alumnos de quinto curso sí que tienen imaginación —presume Miguel. Quiere dejarle claro a su tía que está por llegar a otro nivel. Que el salto entre tercero y quinto curso es enorme. Es como dejar de ser un mono para convertirse en un ser humano. En su imaginación, Miguel ve a Juanita cubrirse de pelo de pies a cabeza, y una cola empieza a asomarse bajo el borde de su vestido. No puede evitar reírse.

Tía Lola lo mira, como si supiera exactamente lo que le está pasando por la cabeza.

De repente, Miguel se ve a sí mismo transformado en un gran orangután medio tonto. Rápidamente hace que su hermana vuelva a ser una niña en su imaginación, y gracias a eso él también se convierte de nuevo en un niño. Camina más despacio, pues quiere estar seguro de que la transformación haya terminado antes de enfrentarse a toda su clase.

La señora Prouty, la maestra del grupo que combina alumnos de cuarto y quinto curso, ya conoce a tía Lola pues se la ha encontrado unas cuantas veces en el pueblo. Se saludan de beso en la mejilla, como viejas amigas. Tía Lola pregunta por las "gorditas" de la señora Prouty, y Miguel no se siente capaz de traducir exactamente lo que dice, pues no le parece cortés referirse a las gemelas de su maestra con esa palabra. Su mamá le ha explicado que tía Lola usa esa palabra como un cumplido. Que en la isla, donde mucha gente vive en la pobreza, ser llenito indica que uno viene de una familia acomodada. Pero en los Estados Unidos sería casi un insulto referirse a alguien como "gordito".

—Tía Lola pregunta si sus hijas están bien —traduce Miguel.

La señora Prouty se sonroja de gusto. Las niñas están muy bien, gracias. Están tomando clases de patinaje, y con muchas ganas de empezar la secundaria en septiembre. Durante este intercambio de cortesías, Miguel tiene que ocuparse de traducir para su maestra y para su tía. Así que espera que tía Lola aprenda inglés pronto, y que sus profesores y compañeros aprendan español, o él tendrá mucho trabajo adicional a partir de ahora. A lo mejor hasta puede pedir que le paguen por hacerlo: sería ganar dinero, como un adulto, mientras sigue yendo a la escuela, como un niño.

—Miguel, ¿qué quiere hacer tu tía Lola en su primer día como maestra de español? —pregunta la señora Prouty.

¡Ay, no! Miguel no puede traducir exactamente lo que dijo su maestra, porque tía Lola se daría cuenta de que la engañaron para llevarla a la escuela. Una de las ventajas de ser el único en la clase que habla español es que puede evitarse problemas y no traducir todo lo que dijo la señora Prouty.

—¿Qué quieres hacer hoy, solamente hoy? —le dice Miguel a su tía en español.

—Soy tu objeto especial —contesta ella con un guiño, cosa que avergüenza a Miguel frente a sus compañeros—, así que estoy a tus órdenes en este Día de Traer una Persona u Objeto Especial a la Escuela.

Miguel finge que traduce. —Dice que está a sus órdenes, maestra.

—¡Caramba! —dice la maestra sorprendida—. Definitivamente se necesitan más palabras para decir cualquier cosa en español. Dile a tu tía que nos gustaría que nos contara un poquito de lo que nos espera en sus clases de español. Por ejemplo, ¿vamos a necesitar algún tipo de materiales en especial?

Miguel empieza a sudar a chorros. ¿Cómo traducir eso sin que su tía se entere de que va a ser la profesora de español? Tal vez Miguel no se parezca ni remotamente a un orangután medio tonto, pero así es como se siente en este momento.

—¿Qué dijo tu maestra? —lo interroga su tía.

Miguel la mira. Sus ojos se ven llenos de amor y de perdón. *Las buenas razones cautivan los corazones,* recuerda, y espera que su tía lo perdone cuando final-

24

mente le confiese la verdad. —Mi profesora quiere saber cómo puede hacer nuestra clase para aprender algo de español.

—¿Que cómo pueden aprender? —comenta su tía, sorprendida por la pregunta—. Pues yo les puedo enseñar. ¡Es muchísimo más fácil que el inglés!

Miguel traduce: —Mi tía Lola dice que no se necesita ningún material especial porque el español es muchísimo más fácil que el inglés —y se enjuga el sudor de la frente.

—Eso no lo sabía —dice la maestra Prouty—. En todo caso, si pudieras decirle a tu tía que...

Miguel mira el reloj. Han pasado quince minutos, y quedan quince más para que llegue el momento de traducir la palabra que lo liberará de esta mentira que se hace cada vez más grande, intricada y oscura:"¡Adiós!", cuando tía Lola se despida para irse.

—¿Cómo les fue en la escuela hoy? —pregunta Mami antes de alcanzar a quitarse el abrigo. Son sus primeras palabras en cuanto llega a casa.

—Muy, muy bien —dice tía Lola, con una amplia sonrisa—. Lo extraño fue que yo era la única visitante en toda la escuela.

Miguel lleva temiendo este momento todo el día. Es hora de contarle la verdad a su tía. —No queríamos decirte mentiras —empieza.

—Nuestra intención era buena —agrega Juanita—, y a todos mis compañeros les encantó tu visita. ¡Quieren que vuelvas!

—Déjenme hablar, niños —interviene Mami—. En realidad es mi culpa, tía. Yo los alenté a que hicieran esto. Sabía que te iría muy bien. Solo necesitabas vencer la preocupación de no saber lo suficiente como para enseñarles algo a los niños. ¿No dije que te iban a adorar?

Tía Lola los mira a todos, uno por uno, con una sonrisa comprensiva y amorosa. —Yo tampoco les dije toda la verdad —les confiesa a Miguel y a Juanita—. Su mami sabe lo pobre que era nuestra familia. Vivíamos en el campo, en medio de la nada y lejos de todo. Así que no pude estudiar mucho. Ni siquiera llegué más allá del curso en que vas tú, Miguel. Se suponía que volvería en algún momento a la escuela. De hecho, cuando mi hermana mayor murió... —Miguel y Juanita conocen esa parte de la historia. Los papás de Mami murieron cuando ella era todavía niña, y su tía Lola se fue a vivir a la capital para cuidarla—. En la ciudad, me matriculé en la escuela nocturna, pero no pude seguir yendo a clases.

Mami estira el brazo para tomar la mano de la tía, y la estrecha con gratitud. Tía Lola no lo cuenta, pero en ese entonces trabajaba como costurera muchas horas al día y además se ocupaba de su sobrina. Así que no le quedaba tiempo para estudiar.

—Tuve una buena vida —dice para asegurarse de

que Mami y sus dos sobrinitos no piensen que se está quejando—, pero no pude estudiar mucho. Así que no quería avergonzarlos a ambos al decir burradas frente a sus amigos.

—Pero tú sabes mucho más español que cualquiera de nosotros —le recuerda Juanita.

—Esa es la lección que aprendí hoy —dice risueña tía Lola—: En el país de los ciegos, el tuerto es rey.

Mami traduce al inglés, pero a pesar de eso, Miguel y Juanita siguen sin entender el refrán. Su mamá les explica: un tuerto tiene solo un ojo, y puede ser que su visión no sea perfecta, pero ve mucho mejor que un ciego. A veces, cuando uno sabe un poquito de algo de lo cual nadie más sabe, uno se convierte en líder. Y tía Lola sabe mucho español en un entorno en el que casi nadie conoce más que una o dos palabras.

—Ya entiendo —dice Juanita, con cierto tono de sabelotodo—. Entonces, tía Lola es como el rey.

—Dirás más bien como la reina —agrega Miguel, sonriéndole burlón a su hermana.

—¡La reina Lola! —aplaude su tía encantada.

Durante un instante fugaz, Miguel ve una corona dorada sobre la cabeza de su tía. Se restriega los ojos. Definitivamente, los niños de quinto curso tienen una gran imaginación: de niños-monos a tías-reinas...

lección 3

Camarón que se duerme se lo lleva la corriente

Juanita tiene la cabeza en la luna. Mientras está sentada en su salón de tercer curso de primaria, se imagina montada en un unicornio en plena Edad Media. Al intentar sumar todos los números que están escritos en la pizarra, acaba cayendo por el profundo hueco de la madriguera de un conejo. Se levanta a responder una pregunta y de repente se ve muy alto en una alfombra voladora, camino de la corte del sultán. Pero un momento... alguien la llama.

—¡Juanita! ¡Tierra llamando a Juanita! —dice la señorita Sweeney. Los demás niños se ríen y Juanita se sonroja. Sabe que su maestra, al ser tan agradable, jamás la haría avergonzar a propósito. Y ella tampoco pretendía ser descortés.

Un rato después, la maestra va de mesa en mesa, revisando el ejercicio de escritura de cada alumno. Pero

28

Juanita no ha terminado ni siquiera la primera línea, por estar muy ocupada huyendo de cuarenta ladrones y con la enorme dificultad de tener que cabalgar en camello.

En el recreo de la tarde, la señorita Sweeney le pide a Juanita que se quede en el salón mientras los demás salen a jugar. —¿Tienes algún problema? ¿Todo está bien en tu casa?

Juanita mueve la cabeza para dar a entender que no hay problemas. Y luego asiente para indicar que todo está bien.

—Pensé que tu tía iba a empezar a enseñarnos español —pues ya hace una semana desde la visita inicial de tía Lola.

—Está practicando —explica Juanita—. Dice que tiene que aprender mucho más si aspira a ser la reina tuerta en el país de los ciegos.

La maestra sonríe sin comprender bien. —Ya veo —termina diciendo. Pero incluso si Juanita fuera tuerta, y solo tuviera un ojo bueno, se daría cuenta de que la señorita Sweeney no entendió ni pío de lo que ella le acaba de decir.

●●●

¿Cómo puede convencer Juanita a su maestra de que no tiene ningún problema?

El asunto es que sucedió una cosa fantástica, maravillosa y extraordinaria: Juanita cayó en el embrujo de la lectura. Claro que ya había aprendido a leer hacía años, desde el kínder, pero siempre le había costado trabajo eso de ir descifrando palabra por palabra. Y ahora, resulta que leer es lo que más le gusta en el mundo. Al ojear una página, las palabras se van conectando unas con otras, y es como cuando uno logra hacer que una guirnalda de luces navideñas se encienda al reemplazar el bombillito que estaba fundido.

Las palabras forman oraciones, y estas la llevan más y más lejos en una historia. Y una vez que empieza, Juanita no puede parar. La historia continúa y la arrastra consigo incluso después de haber cerrado el libro. Se sienta en clase, y su imaginación anda muy, muy lejos.

—¡Juanita! —la llama la maestra otra vez.

Y Juanita desciende con lentitud en su globo aerostático, con el cual le dio la vuelta al mundo en ochenta días, ¡y tiene tantas cosas qué contar! Pero lo que le interesa saber a su profesora son los nombres de los estados que limitan con el de Idaho.

La señorita Sweeney manda una nota a casa con Juanita. Mami abre el sobre y la lee. La arruga que se forma entre sus dos cejas se acentúa.

—¿Estoy en problemas? —quiere saber Juanita. Pero su mami la mira detenidamente en silencio antes de negar con la cabeza.

—¿La señorita Sweeney está molesta porque se me

olvidó terminar la tarea? —cosa que ha estado sucediendo a menudo, pero no hace falta que Mami se entere del número exacto de veces.

—No es nada —dice Mami, doblando el papel para meterlo de nuevo en el sobre, y luego le dirige a su hija una sonrisa valiente.

—¿O es porque no quise compartir con nadie mis animales de peluche? —pregunta Juanita en un nuevo intento. Un día de la semana anterior, llevó sus dos dinosaurios a la escuela, pero no dejó que nadie más jugara con ellos porque la estaban acompañando en su vuelo en una mágica casita de árbol para llegar a épocas prehistóricas.

—No, amorcito. Te dije que no era nada.

—Pero no puede ser nada, Mami —protesta la niña.

Su mamá titubea. Y luego, sin que venga a cuento, le dice: —No estás preocupada por... por el divorcio ni nada parecido... ¿cierto?

Juanita lo niega. Por supuesto que preferiría que sus padres no se hubieran divorciado. Pero no le había preocupado eso ni nada más hasta ahora, cuando su mami no quiere contarle qué dice la carta de su maestra.

—Bien, entonces no nos preocupemos por una nota sin importancia —dice Mami y se ríe con una carcajada fingida que no convence a Juanita.

—Entonces, ¿es por pelear con Ofie? —insiste Juanita. Luego de la visita de tía Lola a la escuela, Juanita y Ofie discutieron por quién hablaba el mejor español: mexicanos o dominicanos.

Mami niega nuevamente con la cabeza. A este paso, Juanita va a confesarle todos sus secretos antes de que logre enterarse de qué dice la nota de la señorita Sweeney.

●●●

Juanita encuentra a tía Lola en su habitación en el ático, embebida en sus libros de español. Todas las noches, al terminar de cenar, la tía se disculpa y se encierra en su cuarto a estudiar. Tiene que aprender mucho antes de poder empezar a enseñar. Solía ser ella la que proponía pasatiempos divertidos, como poner música dominicana y enseñarles a Mami y a Juanita unos cuantos pasos de baile con meneo de caderas. O contaba alguna de sus historias maravillosas, que eran tan buenas como sumergirse en la mejor aventura de cualquiera de sus libros favoritos. O si Rudy, un amigo de la familia, los visitaba, armaban piñatas para colgar del techo en su restaurante, con la forma de cualquier animal que se les cruzara por la imaginación.

Pero ahora tía Lola solo piensa en atiborrarse la cabeza de información para así poder enseñar en la escuela.

En el mismo instante en que distingue a su sobrina en la puerta, cierra sus libros. —¿Qué hay Juanita? —le dice. No importa que esté muy ocupada, siempre tiene tiempo de preguntarle cómo le va.

Juanita le explica que su profesora mandó una nota para su mamá. —Creo que la señorita Sweeney está enojada conmigo. Pero Mami no quiere contarme por qué. A lo mejor a ti sí te lo dice —y mira esperanzada a su tía.

—Puede ser que me cuente. Pero puede ser que no. O que me cuente pero me pida que le guarde el secreto —dice tía Lola, y es difícil saber si está hablando para sí misma o para Juanita. Entrecierra los ojos como si la respuesta a ese dilema estuviera tan distante que le costara verla. Pero al final lo logra—: Creo que la única solución es que yo empiece con mis clases de español. De esa forma, si hay algún problema en tu grupo, ayudaré a la señorita Sweeney a resolverlo.

Con la presencia de su tía, Juanita seguramente logrará volver a estar en gracia con su profesora. Además, se compromete a hacer un superesfuerzo para que las historias que se desarrollan en su cabeza no la distraigan. Es lo menos que puede hacer para demostrarle su agradecimiento por su ayuda, como cualquier caballero medieval sacado de alguno de los libros preferidos de Juanita.

***

Tía Lola recibe una acogida de aplausos y ovaciones cuando entra al salón. Sus coloridas ropas iluminan el gris invernal del día. Su sonrisa es contagiosa. Y propone el mejor plan de clases del mundo: una búsqueda del tesoro, ¡en español!

Primero, pasarán varias semanas aprendiendo las

palabras y las frases que aparecerán como pistas. Y luego, el día de la búsqueda, durante el recreo de la mañana, tía Lola y señorita Sweeney esconderán las pistas en todo el salón. El equipo que encuentre la tarjeta con la palabra "tesoro" será el ganador y recibirá una sorpresa especial que tía Lola llevará.

Milton levanta la mano, pero tía Lola tiene su manera de adivinar lo que va a preguntar incluso antes de que abra la boca.

—Tesoro —dice, y escribe la palabra en el pizarrón.

Ofie interviene: —En inglés significa *treasure*.

—¿Y qué va a ser ese tesoro? —quiere saber Milton.

—¡Una sorpresa! —responde tía Lola.

—*Surprise* —traduce Ofie.

Un tesoro sorpresa para el equipo ganador. ¡Caramba! El grupo entero empieza a aplaudir espontáneamente.

—¿Por qué las clases no siempre son así de entretenidas? —dice Milton. No levanta la mano para hacerlo, pero es que en realidad esa no es una pregunta.

La frente de la señorita Sweeney no se arruga al oír esta queja. ¡Desde que tía Lola empezó a venir a su clase se siente tan relajada! De hecho, las dos profesoras comparten planes y componendas en voz baja frente a todos los niños. Asombrosamente, parece que se entendieran a la perfección sin necesidad de traducir lo que dicen una y otra.

■■■

Durante las siguientes semanas, tía Lola enseña y repasa vocabulario y refranes en español, casi siempre sin ayuda de Juanita. Aunque a veces su sobrina interviene, cuando no está demasiado ocupada con las historias que arma en su imaginación.

Cada noche, después de la cena, tía Lola se encierra en su habitación para seguir trabajando en la sorpresa de la búsqueda del tesoro. Y está bien porque Juanita tiene mucho qué leer, antes de que Mami le pida que apague la luz para dormir.

Al fin llega el día de la búsqueda del tesoro.

—No olviden que van a formar dos equipos —les recuerda la señorita Sweeney—. El equipo de segundo curso estará comandado por Ofie, y el de tercero por Juanita —y todos aplauden y gritan.

Juanita de repente vuelve su atención al salón. ¿Qué sucedió? Será mejor que no le pregunte a su maestra, porque de inmediato sabrá que no estaba poniendo atención. ¿Cómo iba a hacerlo si se encontraba en medio de la multitud, observando al emperador que desfilaba supuestamente con un traje nuevo, pero que en realidad iba desnudo, y pensando si debía advertirle que no llevaba nada puesto?

—Como ambas hablan español, pueden ayudar a sus equipos con las pistas y las reglas —concluye la señorita Sweeney.

Se supone que Juanita va a ser la capitana de su equipo, ¡y ni siquiera sabe bien cómo funciona el juego! ¡Será la reina ciega en el país de los tuertos!

Cuando ve que Milton levanta la mano, ruega porque vaya a hacer una pregunta sobre las reglas y que así la maestra las repita otra vez.

Pero Milton lleva semanas prestando atención total en clase. De hecho, todos los días saluda a Juanita con un "Hola, Juanita, ¿cómo estás?", en lugar de hacerlo en inglés como antes. Y el día anterior le había gritado: "¡Hola camarón!". Juanita no supo qué era un camarón. Pensó que le preguntaría a su tía en casa, cuando volviera de la escuela, pero se le olvidó.

—¿Qué sucede, Milton? —pregunta la señorita Sweeney.

—¿*When can we* empezar? —dice mezclando palabras en inglés y en español.

—Apenas volvamos del recreo —contesta la maestra sonriendo.

●●●

La búsqueda del tesoro empieza cuando el recreo termina. Ofie y su equipo de segundo curso van y vienen por el salón, descubriendo una pista tras otra.

El equipo de Juanita se rezaga. Cuando tienen problemas con las palabras de las pistas, Juanita no les sirve de mayor ayuda. Tía Lola ha estado repasando términos y refranes durante semanas en su clase, pero Juanita no ha prestado atención. Pensó que no era necesario porque ya sabía un montón de español. En lugar de eso, ha estado imaginando que vive en un vagón y preguntándose qué iban a comer ella y sus hermanos.

Por eso, es de esperar que sea el equipo de Ofie el primero en encontrar la última pista: "Camarón que se duerme, se lo lleva la corriente". Ofie explica lo que quiere decir: —Los que no ponen atención se pierden de las aventuras de la vida real.

Y sin dudarlo, el equipo de Ofie deduce dónde está escondido el tesoro: ¡en el escritorio de Juanita! Parece que todo el mundo está enterado de que Juanita no ha estado prestando atención en clase.

Ya no le sorprende que Milton la hubiera llamado "camarón". Juanita se ha dejado llevar por la corriente de su ensoñación.

Pero ahora está bien despierta, y oye los gritos de triunfo del otro equipo al celebrar. Quisiera que una fuerte corriente se la llevara para no tener que enfrentar la desilusión de sus compañeros de equipo. Y más aún cuando tía Lola descubre la sorpresa, el premio para los ganadores: una enorme piñata en forma de burro, repleta de dulces y calcomanías y chucherías comprodas en las tiendas de "todo por un dólar", que el equipo de Ofie romperá más tarde en el salón de arte, después del almuerzo.

●●●

Juanita se siente mal el resto del día. No piensa más en princesas ni emperadores ni dragones. Ni en casas en lo alto de un árbol, vagones, paseos en dinosaurio, cisnes que ponen huevos de oro ni princesas prisioneras en torres. Lo único que ve en su imaginación es la escena del momento en que su equipo pierde la búsqueda del tesoro, que se repite una y otra vez.

No ve la hora de llegar a casa para poder llorar a gusto entre sus muñecas, sus animales de peluche y sus libros que la consuelen. Pero sabe que nada conseguirá quitarle esa amarga decepción consigo misma. Defraudó a sus compañeros de equipo, a la señorita Sweeney y, más que a todos, a tía Lola, que venció su miedo de enseñar para ayudarle a recuperar el favor de su maestra.

—Lo lamento mucho, tía Lola —se disculpa con ella mientras caminan desde el lugar donde las deja el autobús escolar hasta la puerta de la casa—. No quise ignorar a los demás, pero es que adoro leer. Y después de que cierro el libro, me quedo pensando en la historia que leí.

A pesar de que tía Lola no llegó muy lejos en sus estudios, también le encantan las historias, así que entiende a su sobrina. —Si te siguen gustando los libros y las historias, a lo mejor algún día llegues a escribir los tuyos propios.

De solo pensar en esa posibilidad, desaparece una pequeña parte de la decepción de Juanita. Tal vez algún día, si llega a escribir libros maravillosos, sus compañeros de equipo la perdonen.

—Pero no olvides que si quieres tener historias

para contar, necesitas vivir aventuras —dice su tía con gran sabiduría—. Así que tienes que poner atención a todas las cosas maravillosas que pasan en tu vida.

Esas palabras son el impulso que a Juanita le hacía falta. Al día siguiente se disculpará con todo su equipo y les dirá que está lista para vivir aventuras de verdad con ellos, y con la señorita Sweeney y tía Lola como sus guías.

—Ojalá pudiera reconciliarme con mi equipo —le confiesa Juanita a su tía, que le propone una brillante idea. ¿Por qué no hacer una "piñata de los perdedores"? Juanita puede escoger el animal que quiera para darle la forma.

Tía y sobrina se pasan el fin de semana haciendo la piñata de los perdedores. El lunes, Mami las lleva en carro a la escuela, pues tía Lola quiere asistir al momento en que Juanita dé la sorpresa. Del baúl del carro la niña saca una piñata en forma de un enorme camarón rosado, para el equipo perdedor.

Milton está en el estacionamiento y la saluda: —Hola... —pero antes de que pueda decirle "camarón", queda boquiabierto al verla—. ¿Qué es esa cosa?

—Un camarón —contesta Juanita, y en ese instante empieza a sentirse mejor—. Se lo llevó la corriente, pero lo pescamos y aquí lo traemos de vuelta.

lección 4

Con paciencia y con calma, se subió un burro a una palma

Miguel siempre tiene prisa.

Quisiera poder pasar velozmente quinto y sexto curso y llegar a la secundaria, para así dejar la Escuela Primaria Bridgeport y no tener que aguantar a su molestosa hermanita todos los días de clase.

Quisiera llegar a las ligas mayores, con la edad suficiente para no tenerles que pedir permiso a sus padres para firmar con los Yankees de Nueva York.

Lo impacienta darse cuenta de que no es alto. Es verdad que no es el más bajito de su clase (que agrupa a los alumnos de cuarto y quinto curso). Pero entre todos los de quinto, solo Oliver y Lily son más bajitos que él, y hay tres de cuarto que sobrepasan su estatura, y uno de ellos es una niña, Anna. Su mamá le repite una y otra vez que algún día será probablemente tan alto como su papi, pero Miguel no quiere que eso suceda pulgada a pulgada, ¡pues podría tomar años!

Cuando se fueron a vivir a Vermont, Miguel quería tener nuevos amigos al instante y sentirse bien en su nuevo hogar de inmediato. Estaba impaciente por que todo estuviera en orden al momento. En lugar de eso, pasaron meses y meses y él sentía nostalgia terrible de su vida anterior. Echaba de menos la ciudad. Extrañaba a los Yankees. Sentía la ausencia de José, su mejor amigo, y le hacía falta su antigua escuela. Pero más que nada, extrañaba a Papi.

Ahora ha pasado un año desde su llegada, y Miguel tiene nuevos amigos. Sus compañeros de escuela han dejado de burlarse de su apellido, Guzmán, llamándolo *Gooseman* y haciéndole bromas por ser un "hombre-ganso", y de preguntarle tonterías por ser hispano. Además, ahora pueden hacerle preguntas sobre eso a tía Lola. A todos les encanta la clase de español y aguardan con expectativa los dos días a la semana en que la tía acude oficialmente a la escuela: los martes y los jueves, o *Tuesdays* y *Thursdays*, como dirían en inglés. Pero muchos otros días, por petición de los alumnos, tía Lola va a la escuela para ayudar con otros proyectos, y Miguel tiene que reconocer que es divertido que su tía ande por ahí.

Hay algo que no ha mejorado para nada con el paso de los meses: que Papi esté lejos. Cuando Miguel lo visita en Nueva York, siente la urgencia de volver a Vermont. Extraña a sus nuevos amigos, también la enorme casa que alquilaron en el campo, y en especial a su mami. Pero cada vez que vuelve de visitar a su padre, se impacienta por que llegue el próximo encuentro.

Ahora mismo, se le agota la paciencia con su problema de lectura. Cuesta imaginar que, justo cuando su hermana menor se convierte en una lectora voraz, Miguel se rezaga en la clase de inglés. ¡Le cuesta tanto abrirse paso de principio a fin de una oración con tantos obstáculos que se interponen! Hay palabras que desconoce (tantas que su hermana usa y repite), significados que no entiende (como eso de que "En tierra de ciegos, el tuerto es rey"). Miguel quisiera sobresalir en la clase de inglés, de la noche a la mañana.

—¿Tal vez eso de hablar dos idiomas lo tiene confundido? —le sugiere la señora Prouty a Mami en una junta de padres.

—¡Tonterías! —exclama Mami después, en el camino a casa—. Juanita habla dos idiomas, y la mayoría de los europeos hablan dos o más lenguas...

¡Genial! Ahora resulta que Miguel no solo es más tonto que su hermana menor, ¡sino que todos los habitantes de un continente entero!

Mientras Juanita y tía Lola charlan sin parar, Miguel mira por la ventana del carro. Los campos nevados se extienden a ambos lados de la carretera. No hay nada que lo distraiga de pensar en su precaria situación en la escuela. Se siente impaciente por llegar a casa. Y una vez que estén allá, ¿qué le espera? Tareas, y la cantaleta de su mamá, y su latosa hermanita...

Miguel sabe que tiene por delante una noche larga, y suspira impaciente.

❋❋❋

Esa noche, cuando Miguel se sienta a hacer su tarea, suena el teléfono. Es Papi. Tiene algo para contarles a sus dos hijos, pero quiere hacerlo en persona.

Ay, no. El corazón de Miguel se llena de miedo. Las últimas veces que él y su hermana han visitado a Papi, su novia Carmen se la pasa con ellos. Y no es que haya ningún problema con Carmen, que es perfectamente amable y encantadora y hasta bonita. Es solo que Miguel no quiere que ninguna mujer que no sea su mami se case con su papi.

—Car y yo estamos pensando en ir a verlos el próximo fin de semana. Falta mucho para que lleguen las vacaciones de invierno, hasta febrero, en que ustedes vendrán para acá —explica Papi. A Miguel le encanta la idea de que su papá quiera verlo pero, ¿por qué tiene que echar a perder esa alegría al incluir a Carmen? Muchas veces ha sucedido que cuando terminan de hablar ellos dos, Papi dice "Car quiere saludarte" y Miguel queda atrapado en un montón de preguntas estúpidas sobre la escuela y cuándo comienzan las prácticas de su equipo de las ligas infantiles. Pero hoy, en lugar de pasarle a Carmen el teléfono, le dice—: Déjame hablar con tu mamá, mi'jo —cuando Papi lo llama así, "mi hijo", por lo general es porque tiene algo serio en mente, muy en su papel de padre.

Tras unos "holas" y "cómo estás" bastante fríos, la cara de Mami se pone alerta, con expresión confidencial.

—Espera un segundo —dice, y cubre la bocina con la mano para decirle a Miguel que si no le importaría "dejarle algo de espacio", como suele decirse en inglés. Las últimas palabras que alcanza a distinguir antes de que se cierre la puerta de la cocina son—: Sí, ahora ya puedo hablar —y después nada más que un runrún, pero por el tono de voz de Mami, Miguel sabe que no es el tipo de cosa que le entusiasme.

Sube al piso de arriba para contarle a su hermana de la visita que van a recibir. No la encuentra en su habitación sino más arriba, en el ático, en el cuarto de tía Lola. Están diseñando una piñata para regalarle a su amigo Rudy, el dueño del restaurante, por su cumpleaños. ¡Ay no! ¡La fiesta sorpresa va a ser el sábado! Miguel se pregunta si debe bajar corriendo a recordárselo a Mami. Pero entonces Papi tendría que buscar otra fecha para su visita, y Miguel deberá esperar otra semana o quizás dos, o incluso hasta las vacaciones de invierno, para averiguar de qué se trata el asunto del cual Papi quiere hablarles en persona. Si fueran malas noticias, Miguel siente impaciencia por quitarse la incertidumbre de una buena vez.

◆◆◆

Al día siguiente, mientras cenan, tía Lola menciona la fiesta de Rudy del próximo sábado.

—¡Ay, no! —se queja Mami—. ¡Se me olvidó por completo! —y corre hasta el teléfono aunque todavía están comiendo—. Más vale que llame a su papá y le diga que no venga.

Nadie responde el teléfono en el apartamento. Mami deja mensaje en el contestador, pero está casi segura de que Papi ya salió hacia Vermont. —Me dijo que planeaba tomarse un fin de semana largo —lanza un vistazo hacia Miguel y Juanita, como si estuvieran en un barco a punto de hundirse y ella tratara de encontrar la manera de salvarlos—. Supongo que no será el fin del mundo —dice desanimada.

Miguel siente deseos de decir que espera eso mismo. Pero luego piensa que su mamá sabe mucho más que él de las razones por las cuales su papá va a visitarlos. ¿Qué podría ser tan malo como para que su mamá piense en compararlo con el fin del mundo?

—¡Ya sé! —dice Juanita con expresión radiante—. Podemos invitar a Papi a la fiesta de Rudy.

—Seguro que a Rudy no le importará que llevemos a Daniel —secunda tía Lola.

—¡Eso sería fantástico! —Juanita da saltos en su silla, casi como si fuera el pistón de un motor de carro—. ¡Así podrá ver mi piñata, tía!

Miguel está casi seguro de que su hermana no tiene la menor idea de lo que su papá pueda estar planeando. Y si supiera algo, ella jamás ha cuestionado la presencia

45

de Carmen en la vida de Papi. Desde su punto de vista, ella tiene su mejor amiga de Nueva York, Ming, así como Miguel tiene el suyo, José. Así que, ¿por qué Papi no iba a poder tener a Carmen? De esa manera, ambos pueden tener a alguien especial para tomar de la mano cuando van al zoológico o a un partido de béisbol o a Brooklyn, al apartamento de sus abuelitos.

—Daniel no viene solo —dice Mami, con la voz tensa para no traslucir ninguna emoción, y mirando a tía Lola. Miguel observa la expresión de su tía. Es como un amanecer, el lento nacimiento de un nuevo día... o, en este caso, el descubrimiento de que la nueva vida de Papi está a punto de aparecerse a su puerta.

✱✱✱

Por supuesto que había sido tía Lola quien tuvo la idea de hacer una fiesta sorpresa para Rudy en su propio restaurante. A pesar de que cumple sesenta años, no quiso tomarse el día libre. —¿Y para qué? —protestó—. El mejor lugar para pasar mi cumpleaños es el restaurante.

—Entonces organicemos la fiesta en el restaurante —propuso tía Lola. El único problema era lograr que Rudy no se enterara de nada.

Todo el que ha llamado durante la semana para reservar una mesa para el sábado, recibió como respuesta una invitación a la fiesta. Como casi siempre son Shauna o Dawn quienes contestan el teléfono, Rudy no tiene idea de que ese día habrá una gran fiesta sorpresa en su restaurante. Juanita está haciendo una piñata en forma de burro con ayuda de tía Lola.

—El burro es el mejor animal para hacer una piñata —le informa Juanita a Miguel con su tonito de sabelotodo.

—Las piñatas de burro son la cosa más aburrida del mundo —le informa Miguel con su voz de sabelotodo.

—¡No es cierto! Mi piñata es muy especial, ¡de verdad, verdad!

—Tienes razón —dice Miguel, y finge haber cambiado de idea—. No creo haber visto una piñata de burro que se pareciera tanto a un pollo. Eso definitivamente es algo especial.

—¡No parece un pollo! —protesta Juanita, y se vuelve hacia su tía—: ¿Tú crees que mi piñata parece un pollo, tía Lola?

—Parece un precioso burro amarillo con el hocico puntiagudo —le asegura ella. Y de alguna forma los dos niños quedan contentos con esta respuesta.

Esta noche están en la cocina, para que tía Lola pueda ocuparse de las piñatas y al mismo tiempo vigilar todo lo que está preparando en el horno para la fiesta. Ya terminó de hornear una buena cantidad de suspiros, tan ligeros como nubes y que se esfuman más rápido que un suspiro de verdad. También tiene ya una lata llena de caballitos, galletas con su toque de jengibre. La cocina huele delicioso. Mientras tanto, la mesa de la cocina está cubierta de pilas de papel de seda de todos colores, además de un frasco de pega y otro con pinceles, así como malla de gallinero para hacer las estructuras de las piñatas para luego recubrirlas con las tiras de papel y formar un animal reconocible.

—¿Entonces, qué vas a hacer? —pregunta Juanita, desafiando a su hermano que no ha hecho nada más que garabatear bolas en su cuaderno.

Miguel se encoge de hombros, como si no le importara. Pero el hecho es que no logra encontrar ideas para una piñata bien *cool*. Empieza a sentirse un fracaso total, y no solo por su desempeño en la clase de inglés. Cuando su hermana se dirige a las escaleras junto con Mami para irse a dormir, tía Lola se sienta frente a él en la mesa de la cocina.

—¿Qué hay Miguel? —pregunta, en español, claro.

La respuesta es un suspiro y Miguel cierra su cuaderno. —Siento que no soy bueno en nada —es capaz de reconocerlo, si se encuentra fuera del alcance de su hermana.

—Claro que eres bueno. Eres un magnífico jugador de béisbol —le recuerda la tía con cariño—. Tienes una gran imaginación. Eres hábil con las manos. Aquí dirían que tienes *green fingers*, o dedos verdes, o sea que eres bueno para la jardinería.

—*Green thumbs*, tía, pulgares verdes —la corrige Miguel. Durante el verano anterior, ayudó a su tía con su huerta, que ella insistió en que tuviera la forma de su país, República Dominicana. Lo único que él hizo fue seguir sus instrucciones—. Y no es cierto que sea bueno en ninguna de esas cosas, tía Lola, apenas soy regular. Y últimamente ni siquiera llego a ese punto.

—Con paciencia y con calma, se subió un burro a una palma —recita tía Lola. Es un refrán rimado que hace que Miguel sonría en medio de su impaciencia, y se imagina a un burro esforzándose por trepar una palmera.

—Las mejores ideas surgen cuando uno se relaja y permite que su mente juegue —dice su tía—, así que respira hondo y cuenta hasta diez.

Miguel hace lo que le recomienda. Cuando termina de contar, tía Lola le dice que empiece de nuevo. —Esta vez quiero que cuentes en español: uno, dos... —y ella misma también lo hace, recordándole a Miguel que debe respirar entre un número y otro.

Cuando van llegando al diez, Miguel siente que un bombillo se enciende en su mente. Tiene una fabulosa idea para una piñata: una palmera ¡para hacer juego con el burro de su hermana!

—¿De qué se ríen? —pregunta Mami que ha vuelto a la cocina tras acostar a Juanita.

—De mí, supongo —contesta Miguel, y no es una mentira piadosa. Tía Lola siempre dice que el sentido del humor implica también un sentido de perspectiva. Ahora Miguel sabe a qué se refería cuando lo decía. Todo lo que parece preocupante y avasallador, de repente puede hacerse manejable e insignificante si uno se arma de paciencia y toma el tiempo para buscarle el humor a las cosas. Como imaginarse a un pobre burro luchando por encaramarse a una palmera.

⁕⁕⁕

Sin embargo, el viernes Miguel está impaciente otra vez. Se pasa las horas de escuela pensando si Papi ya estará en Vermont. Cuenta hasta diez en español y en inglés tantas veces que a esta altura cualquier burro hubiera podido trepar hasta las nubes.

En matemáticas, los complicados problemas con divisiones toman una eternidad. Después toca ciencias y aprender cómo funciona la gravedad. ¡Qué cosa más aburrida! En sociales, la clase está armando un mural que lleva el título de "La vida cotidiana en tiempos de Cristóbal Colón: ¿Cómo era todo en 1492?". *¿Y a quién le importa eso?*, se pregunta Miguel.

Más tarde, después de la hora de almuerzo, toca ortografía, escritura y la temible clase de lectura. Para cuando suena el timbre de salida, Miguel está a punto de estallar. Pero todavía tiene que esperar a que llamen a su fila. —*One*, uno, *two*, dos... —y se ejercita en la paciencia.

Al fin, se despide de la señora Stevens en la entrada principal: —Feliz fin de semana, Miguel —le dice, presumiendo su español.

Él le contesta con la misma frase, pero en inglés: —*Happy weekend, Mrs. Stevens.*

En el estacionamiento, observa los carros en busca

de placas de fuera del estado. No ve ninguna. Y aquí llega su hermanita a la carrera, hablando hasta por los codos de los planes del fin de semana. Miguel tendrá que aguardar un poco más para poder llegar a la punta de su palma, que es ver a Papi.

Tras un rato que parece muy largo, el autobús los deposita junto al buzón de su casa. Y allí está: un carro con placas del estado de Nueva York estacionado frente a ella. Pero en lugar de lanzarse a toda prisa para ser el primero en abrazar a su papá, Miguel camina con lentitud. Lo embarga de nuevo esa sensación de terror, como una enorme palmera que lo aplastara al caer.

—¡Mira, Papi ya llegó! —Juanita acaba de ver el carro. Pero antes de que salga corriendo hacia la puerta, Miguel la detiene.

—Nita, hay algo que tengo que contarte —empieza a decir con paciencia, para preparar a su hermana—. Es sobre... bueno... —pero no se le ocurre una manera de decirlo con suavidad y acaba soltándolo—: Estoy casi seguro de que Papi va a casarse con Carmen.

Su hermana se encoge de hombros como si no entendiera que si Papi se casa de nuevo, ellos tendrán una madrastra. Miguel podrá no ser un lector voraz, como Juanita, pero cualquiera que haya leído unos cuantos cuentos de hadas sabe que las madrastras pueden ser muy malas.

—Carmen se convertirá en nuestra madrastra —le insiste.

—¿Y eso es malo? —pregunta Juanita. Su expresión,

al igual que su pregunta, se clavan en el corazón de Miguel. Se ha empeñado tanto en crecer a toda prisa, y ahora quisiera ser tan dulce e inocente como su hermanita—. A mí me cae bien Carmen. ¿A ti no?

Miguel detesta admitirlo, pero su molestosa hermana, que no tiene la creatividad de un niño de quinto, lo obliga a pararse en seco. Lentamente, con paciencia y con calma, se da cuenta de que Carmen no le cae nada mal. Es más, su papá se ve mucho más contento que cuando estaba solo. Pero a Miguel le preocupa Mami. Aunque ella jamás ha dicho una palabra al respecto, él intuye que a su mamá le sentaría muy mal saber que Carmen le cae bien. A fin de cuentas, Mami no ha encontrado un nuevo novio, a diferencia de Papi que sí tiene novia.

—Sí, me cae bien —reconoce Miguel—. Pero quería esperar un poco antes de que tuviéramos nuevas familias.

—¡Miguel Ángel Guzmán! —su hermana inclina la cabeza, las manos en las caderas, exactamente igual que Mami cuando lo regaña—. Pensé que siempre tenías mucha prisa por todo —palabra por palabra lo que Mami le dice.

—¡Prisa sí tengo! —grita Miguel y empieza a correr hacia la puerta de la casa, mientras su hermana le pisa los talones. Al margen de si está listo para tener una madrastra o no, Miguel siente impaciencia por otra cosa: ver a su papá.

lección 5

Los tropezones hacen levantar los pies

Es sábado al final de la tarde, casi la hora de la fiesta sorpresa de Rudy. Mientras esperan a que Papi y Carmen lleguen del hostal cercano para irse todos juntos al restaurante, Miguel y Juanita suben al cuarto de tía Lola, en el ático, a conversar con ella. Miguel tiene una pregunta urgente que no puede hacerle a su mamá.

—Papi dijo que quería venir a vernos porque tenía que decirnos algo, y no nos ha comentado nada —empieza Miguel. A su lado, sobre la cama, está la piñata de tía Lola, un flamenco de patas largas y flacas, con un cuello colgante que lo hace parecer un avestruz que quisiera esconder la cabeza en la arena. Pero su color rosado flamenco es inconfundible.

—Conociendo a tu Papi, probablemente está esperando el momento adecuado —sugiere tía Lola—.

Y hoy ha sido un día bastante agitado. Primero, ir a la clase de ballet de Juanita, y luego seguir a la pista de esquí para verte deslizarte en la nieve en tu *snowboard*, Miguel. Ha sido un día maravilloso, ¿no les parece? —y no espera a recibir respuesta de ninguno—. Carmen es tan simpática —añade, innecesariamente en opinión de Miguel. Ha sido estupendo tener a Papi cerca, y punto. Pero incluso él tiene que reconocer que le ha gustado oír a Carmen exclamar que es un deportista maravilloso y admirar su valor para (¡Dios mío!) deslizarse cuesta abajo por una montaña en una tabla tan pequeña.

—Dijo que mis *pliés* eran como los de una bailarina de verdad —Juanita se pone de pie y ejecuta un par de pasos con mucha gracia, agarrándose del poste de la cama.

—¡Carmen tenía razón! —aplaude tía Lola en señal de aprobación—. La verdad es que da gusto recibirla de visita. ¿Vieron cómo devoró mis pastelitos en el almuerzo? Dijo que eran lo mejor que había comido en meses.

—A mí me gusta que nos llame por nuestros nombres completos: Miguel Ángel y Juana Inés —agrega Juanita, señalando hacia su hermano y hacia sí misma—. Dice que son los mejores nombres porque el tuyo es el del pintor más importante y el mío, el de la poetisa más importante.

Algo empieza a molestarle a Miguel, como si tuviera una piedra en el zapato: Carmen ha estado distribuyendo cumplidos con excesiva generosidad. ¿De verdad creerá lo que dice o nada más quiere ser amable con todos?

—Ya saben lo que dicen por ahí —comenta tía Lola, que siempre parece que pudiera leer la mente de Miguel—. Más moscas se cogen con una gota de miel que con un cuarto de vinagre.

Pero en lugar de sacar la piedra en el zapato de Miguel, las palabras de tía Lola añaden otra piedrecita. ¿Quién quiere que lo comparen con una mosca que se deja engañar con miel?

Juanita ha dejado de hacer pasos de ballet para mirar atentamente a tía Lola. —Oye tía, ¿tienes un refrán para todo?

—Para casi, casi todo —contesta ella, riéndose—. Ahora vamos para abajo, que ya saben lo que dicen...

—Ya sé, ya sé —interrumpe Juanita—. Camarón que se duerme, se lo lleva la corriente. Y eso se aplica también a los flamencos —añade, y toma la piñata de su tía por la cuerda que le pusieron para colgarla. El ave cuelga de su mano, y el cuello y las patas se bambolean para arriba y abajo. Parece que estuviera tratando de bailar merengue, cosa muy difícil cuando uno tiene una pelota de tenis atada a cada rodilla y otras dos para mantener las patas estiradas hacia el suelo.

—Por otro lado —anota Miguel—, no por mucho madrugar amanece más temprano.

—Exacto —dice Juanita y choca los cinco dedos con su hermano—. Así que bien podríamos vestirnos despacio si tenemos prisa —agrega, citando otro de los dichos de tía Lola, que los mira a ambos, envuelta en su colorido vestido de flores, y mueve la cabeza de un lado a otro.

—Parece que ustedes no tienen necesidad de ir a la fiesta, porque ya están pasándosela muy bien, ¿cierto?

—Eso es porque te queremos mucho, tía Lola —dice Juanita, para evitar que su tía se moleste—. ¿No es cierto, señor Flamenco? —el pájaro mueve la cabeza, asintiendo a todo lo que dicen. Un poco como sucede con Carmen, no deja de pensar Miguel.

***

Camino al restaurante empieza a caer una nevada suave y festiva. El parqueo está lleno de carros, como si todo el pueblo hubiera acudido. La invitación enviada por Mami y tía Lola decía que todos debían reunirse en el parqueo de la biblioteca a las 5:30. Unos cuantos irían primero al restaurante, situado al otro lado de la calle, como si fueran clientes normales, para que Rudy no sospechara nada. Luego, según el plan, Dawn debería llamar a Rudy a la cocina para ayudar a solucionar algún "accidente". Entonces, Shauna apagaría las luces un instante para luego volverlas a encender, y esa sería la señal. Al verla, todos debían correr al restaurante, con las bandejas de comida que llevaban a la fiesta y las canastas repletas de sorpresas caseras y regalitos. Cuando Rudy saliera de la cocina, rascándose la cabeza, el comedor del restaurante estaría lleno de amigos gritando

"*Surprise!*", todos menos tía Lola que gritaría "¡Sorpresa!", en español.

Mientras tanto, en la puerta trasera del restaurante se estaciona una *van*. Es Woody, el hijo de Rudy, que descarga varias cajas de refrescos y pizza y helado que no pudo llevar antes por temor a que su papá se diera cuenta de lo que preparaban. Al frente, en el comedor, la fiesta está en su apogeo. Del techo cuelgan tres fantásticas piñatas: una exuberante palmera que es una agradable visión en el invierno de Vermont, un flamenco tembleque y un burro que pareciera tener pico de gallina. Circulan las bandejas de bocaditos y canapés. Los pastelitos de tía Lola se acaban tan rápido que Carmen no alcanza a probar siquiera uno. —Bueno —dice con gentil resignación—, ya me había comido todos los que me cabían a la hora del almuerzo.

Hay discursos y brindis. Todos quieren saber si Rudy no sospechaba que algo iba a suceder.

—A lo mejor me estoy poniendo viejo, o algo por el estilo —dice Rudy, riendo—. No tenía la menor idea de todo esto. Sí me pareció que no estábamos muy bien aprovisionados para un sábado por la noche. Y cuando este —añade, señalando a su sonriente hijo—, cuando este no apareció a la hora de costumbre, me dije que lo iba a despedir.

—¿Despedirme? —pregunta Woody, con tono de fingida indignación. Durante el verano, tiene un negocio de instalar carpas para bodas y recepciones al aire libre. En invierno, se dedica por completo al esquí y trabaja como mesero de vez en cuando en el restaurante de su papá. Había sido idea suya encargar la mayor parte de la comida para que Rudy y los demás empleados pudieran tomarse la noche y disfrutar de la fiesta. Pero cuando la lista de invitados fue aumentando de tamaño, Mami y tía Lola decidieron que cada quien debía aportar algo de comer a la fiesta. Y ahora habrá suficiente para alimentar a todo el pueblo durante el resto de la semana.

El bizcocho hace su aparición. Es una réplica del restaurante de Rudy, rodeado por una cerca blanca, formada por las sesenta velas.

Todos entonan el "Happy Birthday", todos menos tía Lola que canta "Cumpleaños feliz". Después, una vez que un montón de gente le recuerda a Rudy pedir un deseo y otro montón le recuerda que no debe decírselo a nadie si quiere que se cumpla, todos insisten en que debe decir unas palabras.

—No soy muy bueno para hablar en público —dice Rudy, tratando de disculparse, pero sus invitados no ceden.

Al final, se da por vencido. —Está bien, ¡está bien! ¿Por dónde empiezo? Como algunos de ustedes ya saben, hace casi seis años que murió Rita...

Su voz se reblandece y suena más ronca. También Woody, de repente, luce muy interesado en sus botas.

—Sabía que tenía que hacer un cambio. A lo largo de toda mi vida había trabajado de nueve a cinco en la tienda de vehículos y repuestos, y los años que pasé allá fueron buenos, ¿cierto Mikey? —dice, haciendo un gesto hacia un señor de grandes cachetes que se traga un trozo de bizcocho de cumpleaños—. Pero yo necesitaba volver a empezar, y siempre me había gustado cocinar. Rita solía decir que yo era quien llevaba el delantal en nuestra casa. Así que me dije, ¿y por qué no? Necesitaba compañía a como diera lugar. Este restaurante me salvó la vida.

De repente el salón queda en silencio. Miguel voltea a mirar a tía Lola, cuyos ojos están llenos de lágrimas. Cuando termina de enjugárselas con el pañuelo, se lo pasa a Mami, que se da unos toques en los ojos y luego se lo entrega a Carmen, que parpadea velozmente para evitar llorar. Miguel no puede creer que su duro entrenador de béisbol pueda ser tan sentimental. Pero entonces, Rudy es el primero que dice sin rodeos que un hombre fuerte no debe tenerle miedo a sus propios sentimientos.

—No solo pude superar los tiempos difíciles —continúa Rudy—, sino que además me he divertido mucho. Sin embargo, hay una única cosa que no acaba de gustarme...

Rudy hace una pausa, buscando lograr mayor efecto, pero el brillo de su mirada deja entrever que sea cual sea la insatisfacción que oculta, no será nada muy crucial. —Nunca me ha gustado el nombre Rudy's paro restaurante —cuando un grupo de los asistentes protestan para decir que a ellos les encanta, Rudy alza las manos para callarlos—. Ya tomé una decisión, óiganme bien. Voy a cambiarle el nombre a mi restaurante en honor a ustedes, así es. Ustedes fueron los que me ayudaron a salir de la adversidad, y entre esas personas se cuentan algunos nuevos amigos, que ya no son tan nuevos —Rudy lo dice mirando a Mami y a tía Lola, quienes bajan la cabeza con modestia ante el cumplido que ven venir.

—Estas dos encantadoras damas me han enseñado unas cuantas recetas, y también mucho sobre la amistad. Así que pensé que el nuevo nombre de este lugar debía ser Café Amigos, para agradecerles a ellas y a todos ustedes y para recordarnos a todos que tenemos vecinos amables y cálidos, provenientes del sur, más que bienvenidos durante estos fríos meses de invierno.

Todos gritan hurras y aplauden. Una vez que el ruido cesa, el anciano coronel Charlebois golpea el piso con su bastón para atraer la atención general.

—¡Quiero proponer un brindis! —dice, levantando su vaso de agua—. Por Rudy, que ha creado un sitio de reunión para este pueblo y donde además a aquellos que hacía mucho no disfrutábamos de comida casera, nos ha dado la oportunidad de comer bien y de recuperar algunas de las libras que habíamos perdido. Pero lo mejor de todo ha sido la ocasión de renovar viejas amistades y hacer algunas nuevas. ¡Salud! ¡Salud!

Para cuando se acaba la fiesta, incluso Papi, que antes había pensado que Mami estaba perjudicando a sus hijos al llevárselos a vivir fuera de la ciudad de Nueva York, queda convencido. —Ya veo por qué te encanta este pueblo —confiesa mientras salen camino del carro.

—¡Es un magnífico lugar para vivir! —secunda Carmen.

—Eso se debe a que estamos rodeados de gente a la que queremos —opina Juanita. Es una lección que tía Lola les enseñó hace tiempo.

—Menos Papi —le recuerda Miguel.

Su papá estira el brazo y lo despeina cariñosamente, levantando una pequeña aureola de copos de nieve. Lo cual es muy adecuado para un niño cuyo segundo nombre es Ángel.

✹✹✹

A la mañana siguiente, Papi aparece en casa solo. —Vamos a desayunar los tres por nuestro lado. A la vuelta, recogeremos a Carmen en el hostal. ¿Les parece?

Juanita suena decepcionada. —¿Y por qué no puede venir ella con nosotros?

—Porque va a ser solo nuestra familia, ¿no es cierto, Papi? —Miguel mira a su padre con ojos esperanzados. Pero en lugar de devolverle la sonrisa cariñosa de la noche anterior, su papá hace un gesto, como si algo le doliera.

—Las familias crecen y cambian —dice en voz baja. Suena como otro de los refranes de tía Lola.

Y precisamente de eso es de lo que quiere hablar cuando al fin se sientan en la cafetería y la mesera les ha tomado la orden. Hubieran podido ir al restaurante de Rudy, pero estará cerrado durante la semana para hacer las remodelaciones necesarias por el cambio de nombre. Stargazer, la dueña de una tiendita de regalos, pintará murales en las paredes del restaurante, junto con algunos de sus amigos artistas. Habrá escenas de bosque tropical, para que así el señor Burro, el señor Flamenco y la palmera se sientan en casa, según se anunció la noche anterior en la fiesta.

—Aprendí mucho por haber estado casado con su mamá —empieza Papi, y dobla una y otra vez la servilleta, como si fuera un proyecto de origami que la mesera le hubiera encargado mientras él espera su desayuno—. ¿Cómo podría explicarles? Éramos muy jóvenes cuando nos casamos. En especial yo tenía que madurar mucho. Estaba demasiado concentrado en mi propia carrera como artista, que no despegaba como yo hubiera querido. Caí en la depresión, y reconozco que no fui buen esposo.

Caramba, piensa Miguel. Cuando los papás se lanzan en esos largos rodeos a través de sus recuerdos, las cosas siempre son serias.

—Su mamá hizo muchos sacrificios. Fue ella la que terminó la universidad y luego estudió una maestría y mantuvo un trabajo estable para que yo pudiera pintar —la servilleta ha sido plegada tantas veces que parece un cuadradito diminuto, casi a punto de desaparecer. *A*

*lo mejor no es un proyecto de origami sino un acto de magia,
para hacer desaparecer cosas*, piensa Miguel, deseando
poder desaparecer también. No quiere ni imaginarse
lo que viene ahora.

—Y por esos errores que cometí, sé que la próxima
vez seré un mejor marido.

—¿Entonces Mami y tú van a casarse de nuevo?
—pregunta Juanita entusiasmada. Pero de repente se
desinfla—: ¿Y qué hay de Carmen?

Papi sonríe, sin querer.

—No, no, mi'jita —le dice Papi a su niña—. Mami
y yo... nuestro matrimonio... eso ya se acabó. A veces
cometemos errores y no hay manera de volver al pasado para corregirlos. Lo que sí podemos hacer es
aprender de ellos para tomar decisiones más acertadas
en el futuro.

—Como lo que me pasó a mí cuando hice perder a
mi equipo en la búsqueda del tesoro, que aprendí que
hay que poner atención —dice Juanita, asintiendo.

—Exactamente —asiente Papi, aunque no hay manera de que sepa a qué se refiere su hija. Pero tampoco
espera una explicación, pues el fin de semana es corto
y él tiene noticias importantes para darles—. Así que
quiero decirles que estoy listo para casarme otra vez.

Sigue un largo silencio después de esas palabras.
Miguel ataca su propia servilleta, solo que en lugar de
doblarla y plegarla, la estruja como para retorcerle el
cuello.

—¿Qué opinan ustedes de Carmen? —pregunta,

como si cambiara de tema hacia otro que no tiene ninguna relación con el anterior.

Al menos Juanita no parece ver un nexo entre una cosa y otra: —¡Yo adoro a Carmen! —dice en voz tan alta que desde las otras mesas hay personas que se voltean a ver cuál es el motivo de tanta emoción de esa niña que, por el color canela de su piel, parece extranjera.

—¿Y tú, mi'jo? —pregunta Papi con delicadeza tras aguardar por unos instantes la respuesta de Miguel.

Pero a este los ratones le comieron la lengua. Mira fijamente la servilleta que tiene sobre las piernas. De tanto retorcerla, la ha roto en dos y queda con un pedazo en cada mano.

—Está bien, mi'jo —dice Papi—. Comprendo que necesites acostumbrarte a la idea. Pero para mí significaría mucho que llegaras a estimar a Carmen. Ya sabes que ella te aprecia mucho.

Miguel asiente, pero continúa cabizbajo. Carmen aprecia mucho al mundo entero, quisiera decir. Pero sabe que eso lastimaría a su papi.

●●●

A media tarde, Papi y Carmen se despiden. Miguel le estrecha la mano para decirle adiós, pero ella lo acerca para convertir ese apretón en un abrazo sentido.

—Miguel Ángel, ¡gracias de nuevo por esta maravillosa visita! —dice.

—Gracias por venir —contesta, mirando hacia donde está su mami.

—¡No me lo hubiera perdido por nada en el mundo! —Carmen le da otro abrazo.

—Fue divertido —admite Miguel. Es difícil no dejarse envolver por el entusiasmo de ella.

A la hora de comer, Mami les pregunta por "el desayuno con su papá". A Miguel le molesta que sus padres hablen uno de otro como si jamás hubieran tenido una relación entre sí. Tu mamá. Tu papá.

—Dijo que uno aprendía de sus errores, como me pasó cuando no ponía atención en clase y después aprendí a hacerlo —dice Juanita, y comienza un recuento a trompicones de lo mucho que aprendió Papi mientras estuvo casado con Mami.

—¿En serio? —murmura Mami. No le gusta criticar a su papá frente a ellos, pero a veces no lo puede evitar.

—¡Dijo que tú eras lo máximo! —agrega Juanita.

Mami responde con una especie de resoplido, y se muerde los labios para evitar soltar alguna crítica.

—¡Ay, querida! —le recuerda tía Lola a su sobrina que tanto quiere—. Daniel ha madurado mucho. No olvides que los tropezones hacen levantar los pies.

—Podrá ser, ¿pero qué hay de la gente que pisoteó en esos tropezones?

Tía Lola debe tener al menos una docena de refranes relacionados con el perdón, pero guarda silencio. A veces uno tiene que dejar que las personas expresen sus sentimientos. Mami sería la primera en decirles eso.

Su mamá dobla la servilleta, la deja al lado del plato de comida que no ha probado y sale apurada del comedor limpiándose las lágrimas con la manga, pues no tiene a la mano el pañuelo de tía Lola.

—Su mamá va a estar bien —les asegura tía Lola—. Esas lágrimas van a arrastrar consigo el pasado, para que ella también pueda empezar de nuevo.

—¿Es cierto que Papi la pisoteó? —le pregunta Juanita, con labios temblorosos.

Tía Lola niega con la cabeza. —Yo lo diría de otra manera. Ambos cometieron el error de casarse demasiado jóvenes, y después de eso descubrieron que no estaban de acuerdo en un montón de cosas. Pero había algo en lo que sí estaban de acuerdo: si no hubieran cometido ese error, no habrían tenido a este par de niños maravillosos que son ustedes. No hay mal que por bien no venga.

Juanita traduce mentalmente al inglés. —¿Es como decir que *every cloud has a silver lining*? —le pregunta.

Tía Lola se ve sorprendida. En español eso sería como decir que todas las nubes tienen un forro de plata, o sea que a pesar de que tapan el sol, también tienen algo brillante y luminoso. —No tenía idea de que las nubes estuvieran forradas de plata —comenta. Piensa que, como no pasó del cuarto curso, debe ser una materia que no llegó a aprender en la escuela. De manera que Miguel y Juanita tienen que explicarle. Es un refrán, como todos los que ella les ha estado enseñando en español.

—¿No les encantan los refranes? —dice tía Lola tras reírse un poco de sí misma—. De verdad que ayudan a recordar cosas importantes.

Mami aparece nuevamente en la puerta, con una tímida expresión de disculpa. —Perdónenme. Quiero que sepan que yo también he cometido errores.

—Pero estás levantando los pies, ¿cierto, Mami? —dice Juanita.

—Y levantándolos bien alto —contesta, dando un brinco para entrechocar los talones en el aire, tal como haría el señor Flamenco, ahora que cuelga de un gancho en el techo del Café Amigos.

lección 6

En todas partes se cuecen habas

Ahora que Juanita sí está prestando atención, ha hecho muchos amigos en la escuela. Claro, también ayuda el hecho de que sea la sobrina de tía Lola, a quien todos adoran. Es una lástima que el cumpleaños de Juanita sea en septiembre, y el año anterior, el curso apenas había comenzado y aún no tenía tantos amigos. Pero ahora, ya ha transcurrido la mitad del año y podría organizar una gran fiesta, mejor todavía que la de Rudy.

Tal vez podría hacer una fiesta de medio cumpleaños, pero no cumplirá los ocho y medio sino hasta marzo. Y es ahora, en este helado febrero, en que una fiesta de cumpleaños sería muy bienvenida.

—Tía Lola, ¿qué opinas de que hagamos una fiesta para mis casi-ocho-años-y-medio? —le propone Juanita en el autobús camino a la escuela, uno de los días en que su tía va a dar clases.

—¡Qué maravillosa idea! Con este clima necesitamos una fiesta cada semana.

Juanita mira a su tía con adoración. Lo maravilloso que tiene es que piensa como niña pero, por ser persona grande, puede lograr que los deseos se hagan realidad.

—¿Cuándo quieres que hagamos la fiesta? —le pregunta—. ¿Cuando cumplas ocho y medio o lo más pronto posible?

Juanita ni siquiera lo piensa: —¡Ahora!

Tía Lola ríe, completamente de acuerdo con su sobrina. —No dejes para mañana lo que puedas hacer hoy.

—En inglés tenemos exactamente el mismo refrán, dicho de la misma manera: *Don't leave for tomorrow what you can do today* —Juanita se emociona mucho cuando el inglés y el español coinciden. No siempre sucede así, porque cada idioma es como las huellas digitales, único en su especie.

—Aquí en los Estados Unidos deben habernos copiado —dice tía, sin dudar ni por un segundo que los hispanohablantes piensan en todo primero.

—¿Cómo puedes estar tan segura de eso, tía?

—Un pajarito me lo dijo —contesta ella, con un guiño divertido.

—Ese dicho también lo tenemos en inglés: *A little bird told me* —Juanita está encantada. Es como cuando un bebé descubre que esas manos que están al final de sus brazos son suyas y las puede mover por sí mismo—.

Ese lo copiaron de nosotros, ¿cierto? —dice Juanita devolviéndole la broma. Y la cosa se convierte en un juego: ¿Qué fue primero: el refrán en inglés o en español?

—Me parece que unos y otros lo copiamos de los pajaritos —anota tía Lola riendo—. Por cierto, hace mucho que no veo ni un solo pajarito.

—¡Pero tía! —exclama Juanita, con expresión incrédula, y no sabe si su tía todavía le toma el pelo—. ¿No sabes que la mayoría de los pájaros migran al sur en invierno? —observa la cara de su tía tratando de averiguar si ya sabía eso o no.

Pero el rostro de tía Lola es difícil de descifrar. —Supongo que esos pajaritos se olvidaron de contarme antes de irse al sur —y en el momento en que Juanita está casi convencida de que su tía se había perdido de aprender cosas elementales de ciencias por no haber llegado más allá de cuarto curso, ella le guiña un ojo y dice—: O a lo mejor es que estaban gorjeando en inglés y por eso no los entendí.

※※※

Es Mami la que rechaza la idea de la fiesta de medio cumpleaños. —No me molestaría hacer una fiesta en sí —explica—. Pero si dices que es de cumpleaños, todos se sentirán obligados a traerte un regalo.

Exactamente, piensa Juanita.

—Y si todo el mundo empieza a celebrar fiestas

de medio cumpleaños y también las de cumpleaños, jamás lograremos ahorrar lo suficiente para comprar una casa.

A Juanita le encanta la idea de que algún día logren tener una casa propia. Pero al mismo tiempo detesta la idea de mudarse de esa vieja casa, con tantos recovecos y escondrijos, y un ático con una pequeña habitación para tía Lola, y una larga escalera con su baranda por la cual puede deslizarse, y la enorme ventana en el descansillo. —¿Y es que el coronel Charlebois quiere que le devolvamos esta?

—No, quiere que nosotros sigamos alquilándola. Pero es más lógico desde el punto de vista económico que compremos una casa en lugar de alquilarla —explica Mami, aunque no sirve de mucho. Cuando Papi o Mami empiezan a hablar de hipotecas o de impuestos, a Juanita le alegra saber que todavía le quedan años antes de tener que preocuparse por todas esas cosas.

—Está bien —dice, con un largo suspiro—. Supongo que el día de mi medio cumpleaños pasará como otro cualquiera... —y mientras sale del cuarto, sus pequeños hombros caen hacia delante, encorvados con el peso de no lograr lo que quiere.

✦✦✦

En el piso de arriba, le cuenta lo sucedido a tía Lola, quien de inmediato se pone su gorro mágico de pensar.

En realidad no es un gorro, sino más bien la expresión en su cara, que hace que uno casi alcance a ver grandiosas ideas que desfilan por su frente.

—Veamos... ¿qué podemos festejar en febrero? ¡Ya sé cual es una buena fiesta para finales del mes! ¡Podemos celebrar el carnaval!

—¿Qué es eso? —Juanita no se ve muy esperanzada porque es una fiesta de la cual jamás ha oído hablar. Ella pensaba más bien en *Valentine's Day*, el día de San Valentín.

—¿Nunca has oído hablar del carnaval? ¡Pues mayor razón para hacer una fiesta! En la República Dominicana es una gran celebración que solía hacerse justo antes de la Cuaresma, aunque ahora tenga una fecha fija.

—¿Cuaresma? ¿Qué es eso? —pregunta Juanita.

Tía Lola mira a su nieta sin dar crédito a lo que oye. —Definitivamente tus papás estaban muy jóvenes para no haberte enseñado esas cosas. Pero tu tía se encargará de hacerlo. Más vale tarde que nunca.

Antes de que Juanita pueda decirle que en inglés existe el mismo refrán, *better late than never*, su tía le guiña un ojo. —¡No me digas! En inglés tienen el mismo dicho, y ya sé que nosotros no lo copiamos de ustedes ni al revés, sino que somos todos una gran familia humana, así hablemos idiomas diferentes y provengamos de distintos países. Como dice el dicho: En todas partes se cuecen habas.

—Ese sí jamás lo había oído en inglés, tía —reconoce Juanita—. ¿Qué quiere decir?

—Que hay ciertas cosas que la gente de todo el mundo hace, como cocer habas o tener bebés o soñar o enamorarse.

—O como querer hacer fiestas de cumpleaños —añade Juanita soñadora—, o de medio cumpleaños, con montones y montones y montones de regalos —y se imagina a una niña china y a otra africana y a una francesa y a una mexicana, todas pensando en sus fiestas de cumpleaños con montañas de regalos.

La idea de una niña mexicana le recuerda a Ofie. La semana anterior, la señorita Sweeney había organizado un diálogo sobre los cumpleaños. Cuando le llegó el turno, Ofie contó que ella jamás había tenido una fiesta para celebrarlo porque no podía invitar amigos a su casa debido a que sus padres son mexicanos.

¿Qué tendrá que ver el hecho de que sean mexicanos con no poder invitar amigos a la casa?, pensó Juanita. Hubiera querido preguntar, pero la mano de Milton ya se había alzado. Sin embargo, esta vez la señorita Sweeney no dio tiempo, y se apresuró a darle la palabra al siguiente alumno.

Ahora, al acordarse de lo que contó Ofie, Juanita se siente afortunada. No solo puede invitar amigas a dormir en su casa, o simplemente para jugar una tarde, sino que también ha tenido fiestas y regalos de cumpleaños, una vez por año toda su vida.

—¿Los mexicanos también celebran el carnaval, tía? —pregunta.

—Pero claro que sí —responde tía Lola—. ¿Por qué lo preguntas?

Ella le explica lo que sabe de Ofie, que no ha tenido ni una sola fiesta de cumpleaños en toda su vida. —Así que si hacemos la fiesta de carnaval, Ofie podrá celebrar una festividad que su familia hubiera celebrado en México.

Ahora es tía Lola quien mira a su sobrina con ojos cargados de afecto. —Eres un ángel, ¿lo sabías?

—No, tía, yo no. Miguel Ángel es el ángel —dice ella sonriendo con picardía, y siente orgullo porque se le hubiera ocurrido ese juego de palabras.

Pero tía Lola mueve la cabeza de lado a lado, como si quisiera recalcar que ella sabe reconocer a un ángel cuando lo ve, incluso si se llama Juana Inés.

●●●

La señora Stevens opina que la idea de que toda la escuela celebre el carnaval es fantástica. Todos los años la Escuela Primaria Bridgeport organiza un concurso de talentos o una venta de dulces para recaudar fondos para hacer excursiones escolares. Así que este año podrá ser un carnaval el motivo, y además servirá como complemento ideal de las clases de español que tía Lola ha estado impartiendo.

Al poco tiempo, todos los grupos están dedicados a aprender todo lo relacionado con el carnaval en su clase de español. Que antecede a la Cuaresma, una época del año en la que se sacrifica la diversión y se hace ayuno, lo cual quiere decir que uno no puede comer en exceso y trata de buscar la manera de convertirse en una mejor persona. Pero justo antes de esta temporada de meditación, hay una última celebración, llamada carnaval, en la cual se comen todo tipo de cosas deliciosas y hay fiesta y baile y diversión a raudales. Y lo mejor es que cada quien se disfraza, cosa increíble porque es como festejar otro día de Halloween en pleno invierno.

Milton levanta la mano: —¿Podemos ponernos nuestros disfraces de Halloween?

—Claro que sí —responde la señorita Sweeney y percibe el relámpago de preocupación que cruza la cara de Ofie, y añade—: Pero no hay que disfrazarse si no quieren, ¿no es cierto, tía Lola?

Tía Lola niega convencida. —Lo importante es hacer una fiesta. ¡A todo el mundo le encanta ir a fiestas! —el grupo aplaude a rabiar, dándole la razón a tía Lola—: En todas partes se cuecen habas —agrega, y hasta Milton está demasiado emocionado como para pedirle a Juanita que se lo traduzca.

Sí, piensa Juanita, *a la gente en todas partes del mundo le encantan las fiestas.* Es bonito que el mundo entero pueda compartir un momento feliz, y no solo las habas que, aunque tía Lola no lo sepa, están muy lejos de ser la comida favorita de Juanita.

❋❋❋

—He estado pensando en Ofie, tu amiga —le dice tía Lola a Juanita cuando vuelven a la casa en el autobús. Ya han pasado frente a la granja donde se baja Ofie, junto con María, su hermana mayor, y Tyler, el hijo del granjero—. ¿Dices que su cumpleaños será en agosto?

Juanita asiente. La señorita Sweeney escribió los cumpleaños de todos en un gran calendario, pero como el de Ofie caía durante las vacaciones de verano, no prestó mucha atención. —Me parece que era en la última semana de agosto.

—Así que su medio cumpleaños cae a finales de febrero, o sea más o menos al mismo tiempo que el carnaval, de manera que se me ocurre...

—¡Qué brillante idea! —la interrumpe Juanita. Es como si le leyera la mente porque sabe con exactitud lo que va a proponer. ¿Por qué no hacer de la fiesta de carnaval una fiesta de medio cumpleaños para Ofie? Y como la celebración será en la escuela, Ofie no tendrá que preocuparse porque sus amigos vayan a su casa.

Solo hay un problema. Mami ya rechazó del todo la idea de que se pudieran celebrar los medio cumpleaños. Si se hace para un solo niño en todo el mundo, los demás querrán seguir el ejemplo.

—Tengo la sensación de que tu mamá no va a oponerse en este caso —dice tía Lola—. Toda regla tiene su excepción.

—Ya lo sé —contesta Juanita—. Ese refrán también lo tenemos nosotros —y lo cierto es que hay una excepción a toda regla en español, en inglés y en cualquier parte del mundo.

❋❋❋

A la mañana siguiente, cuando tía Lola sube al autobús junto con Juanita, se sientan en la misma fila que Ofie y su hermana mayor María. —¿Y de qué quieren disfrazarse ustedes para el carnaval? —les pregunta tía Lola.

Las hermanas intercambian una mirada. —No tenemos ningún disfraz —contesta Ofie—. No nos dejan disfrazarnos para Halloween ni salir a pedir dulces. Como siempre, tenemos que irnos derechito a casa al terminar la escuela.

—Esas son las reglas, lo sé —dice tía Lola—. Pero si pensáramos en lo que uno desea, ¿qué querrían ustedes?

La expresión de las dos niñas se suaviza. Ellas también adoran a esta tía especial. Las suyas quedaron atrás en México, según le ha contado Ofie a Juanita.

—A mí me gustaría disfrazarme de princesa —dice la mayor, María, con timidez, y luego mira al piso, apenada.

77

—A mí también —opina Ofie—, o tal vez de sirena.

—¡Qué bonitas opciones! —sonríe tía Lola con aprobación.

—Yo me disfracé de princesa el Halloween pasado y de sirena el anterior —interviene Juanita—. ¿Quieren ponerse mis disfraces para el carnaval de la escuela?

Las caritas de las dos se iluminan. —¿En serio? —pregunta Ofie con un susurro turbado.

—No creo que nos queden bien —dice María, la mayor, dubitativa. Pero su expresión anhelante muestra tantas ganas que Juanita no quiere desilusionarla.

—Puedo hacerles los ajustes necesarios —explica tía Lola—. Fui costurera durante muchos años —de hecho, el verano pasado se encargó de confeccionar todos los uniformes del equipo de béisbol de Miguel.

—¿De verdad nos los vas a prestar? —pregunta Ofie, con ojos brillantes de la emoción.

Y solo hasta ese momento Juanita se da cuenta de que se quedó sin el pito y sin la flauta. A menos que su mamá le compre un nuevo disfraz, cosa que duda porque está ahorrando para una casa propia, no tendrá nada para ponerse en el carnaval. Pero al ver tan contentas a las dos hermanas se siente capaz de todo. Por un instante entiende lo que deben sentir las hadas madrinas.

—¿Y qué vas a usar tú de disfraz? —le pregunta Miguel una vez que las niñas se han bajado del autobús. Él probablemente se pondrá su camiseta de Big Papi, el número 34 de los Red Sox.

78

—Cualquier cosa —contesta ella, encogiéndose de hombros—. Los disfraces no son indispensables para el carnaval, ¿cierto, tía Lola?

Su tía asiente despacio. —No, no necesitas un disfraz sino más bien un nuevo nombre: Juanita Inés de los Ángeles.

●●●

El primer carnaval celebrado en la Escuela Primaria Bridgeport dará qué hablar durante muchos años por venir.

Los pasillos de la escuela quedan transformados con guirnaldas de papel picado de colores vivos. Las paredes están cubiertas con dibujos de palmeras y loros y de flores del tamaño de un niño de kínder. Rudy y tía Lola invadieron la cocina para preparar delicias. En el comedor, las mesas están colocadas junto a las paredes, dejando un espacio libre en el centro. Cada curso desfila, exhibiendo sus disfraces de superhéroes y piratas y beisbolistas y princesas y brujas, tocando pitos y flautas, tambores y panderetas, mientras sus familias y amigos gritan vivas y aplauden. Según la señora Stevens es el caos total, pero un caos divertido.

Una vez que todos se han sentado a comer, el profesor de sexto curso, el señor Bicknell, que además da clases de música, toca unas cuantas notas con su trompeta. Y a continuación, surge de la cocina un ángel que lleva un bizcocho de cumpleaños y se encamina hacia una sirenita mexicana sentada con el resto de sus compañeros de segundo. De repente, el señor Bicknell empieza a tocar las notas del "Happy Birthday", y alumnos y maestros, y hasta el mismo ángel, empiezan a cantar: —*Happy half birthday to you.*

—Medio cumple feliz, Ofie —canta tía Lola desde la puerta de la cocina.

Todos observan a la sirenita. Al principio parece confundida, como si no supiera si confesar que en realidad no es su cumpleaños. Pero de repente se ve su alivio al comprender que *sí es* su medio cumpleaños. Se le ilumina la cara de felicidad.

Tras concluir su misión, el ángel vuelve a su puesto junto a tía Lola.—¡Qué divertido! —le confiesa Juanita a su tía—. ¿Viste lo sorprendida que estaba Ofie? Gracias por permitirme llevar el bizcocho.

—Fuiste tú quien tuvo la idea de la fiesta de medio cumpleaños —le recuerda tía Lola—. Y fuiste tú también quien les prestó los disfraces de años anteriores. ¿Quién más hubiera podido llevar el bizcocho?

Tú, piensa Juanita. Al fin y al cabo, fue su tía quien organizó esta increíble celebración de carnaval en poco más de dos semanas. Y no solo eso, además se aseguró de que cada niño tuviera un disfraz para ponerse, incluida su sobrina. Sí, ese mismo día, temprano, Juanita había aparecido con su uniforme escolar, deslizándose por la baranda de la escalera. Trataba de mostrarse alegre y entusiasta, pero la verdad es que sentía pena por sí misma. Asistiría a su primera fiesta de carnaval sin poder disfrazarse de nada.

Pero allí frente a ella, colgada como una piñata de uno de los ganchos para macetas que había en la sala, estaba la túnica de ángel más preciosa del mundo. Su tía Lola la había confeccionado con unas sábanas de satín viejas, poniéndole un borde de tira brillante en el cuello y las mangas, y añadiendo una aureola tejida con esa misma tira para llevar en la cabeza. Además, con el mismo papel maché que usaba para las piñatas, había hecho dos alas increíbles.

Juanita quedó sin habla. Ese no era un disfraz sino el traje de un ángel de verdad.

—Te dije que eras un ángel —murmuró tía Lola mientras ayudaba a su sobrina a vestirse.

Ahora, contemplando lo que sucede en el comedor, Juanita sonríe. ¡Todos se ven tan contentos! Cada uno de los niños pareciera estar celebrando su cumpleaños, o su medio cumpleaños, o su cuarto de cumpleaños. Cada uno de los adultos presentes pareciera encantado por haber recibido el regalo de una noche de magia infantil. *Tía Lola tenía toda la razón del mundo*, piensa Juanita: en todas partes se cuecen habas y la gente disfruta las fiestas y merece ser feliz. A lo mejor Juanita no es un ángel, pero esto definitivamente es el cielo.

lección 7

Preguntando se llega a Roma

Miguel se despierta contento y entusiasta, antes de poder recordar la razón de su expectativa. Hoy es el primer día de las vacaciones de invierno, y se irá con tía Lola y Juanita a la ciudad de Nueva York. Mami los llevará hasta Burlington para tomar el autobús que los transportará a Port Authority, la terminal de Nueva York. Papi los estará esperando allí, probablemente con Carmen colgada de su brazo.

Una nube aparece flotando entre sus pensamientos y opaca el cielo azulísimo de la felicidad de Miguel. Aún no logra acostumbrarse a que Carmen siempre esté ahí.

Pero esa nubecita se disipa pronto. A Carmen a veces se le ocurren cosas divertidas. Hace unos días, recibieron un paquete. Adentro encontraron una sudadera del equipo de los Knicks junto con una tarjeta que decía: "¡Prepárate, Miguel Ángel, pues vamos a ir al Madison Square Garden con José y su papá para ver un juego de básquetbol!". Y en ese mismo paquete venía una bolsa de ballet y una nota que decía: "Juana Inés, ¿adivina qué? ¡Conseguí boletos para ti, tu tía Lola, Ming y yo para una función de matiné del ballet de la ciudad de Nueva York!". Hasta tía Lola recibió algo: dos bonitos pañuelos bordados con una serpenteante letra "L". "¡Que sirvan solo para enjugar lágrimas de felicidad!". Tía Lola leyó la nota en voz alta, y se le humedecieron los ojos de emoción. ¡Qué muchacha tan cariñosa!

—No veo por qué les manda regalos, si los va a ver a todos en cosa de una semana —comentó Mami.

—Se cogen más moscas con una gota de miel que con un cuarto de vinagre, por eso —agregó tía Lola—. Está tratando de ser amable, Linda, nada más.

—Pues está tratando con demasiado ahínco —dijo Mami con un tono de voz que a duras penas lograba ocultar la crítica. A lo mejor solo estaba molesta porque ella no había recibido ningún regalo del paquete de Carmen.

Pero sí había recibido una nota de agradecimiento, que leyó minuciosamente. *¿Qué estaría pensando Mami?*, se preguntó Miguel, y examinaba la expresión de su madre concentrada en la lectura. Hubiera querido saber, sin necesidad de preguntarlo expresamente, si estaba bien que Carmen empezara a caerle bien.

Ahora, mientras se viste, piensa en Mami que estará sola durante la siguiente semana y siente una punzada de dolor. Se dice que es ridículo. Ni siquiera ha salido de casa y ya siente nostalgias de volver. Llamará a su mami todos los días, y quizá hasta le enviará un par de postales. Pero está decidido a pasarse unos días maravillosos con su papi, sus abuelos, con la salida a ver el juego de los Knicks con su mejor amigo José.

—¡Síiiii! —levanta el brazo como muestra de su firme propósito—. ¡Sí, sí, sí!

Ahí es cuando se da cuenta de que se ha quedado sin voz. ¡No puede ser! Si Mami se entera, no lo va a dejar irse a Nueva York, sin importar que no tenga la garganta irritada ni el menor indicio de fiebre, ni nada parecido.

Todas las añoranzas se han borrado de la mente de Miguel. De alguna manera tiene que subirse a ese autobús con tía Lola y Juanita sin que Mami se dé cuenta de que tiene laringitis.

◆◆◆

Miguel arrastra su maleta hasta el pasillo del piso de arriba. En la cocina alcanza a oír voces. Son su tía Lola y Mami. Juanita debe estar en el baño, pues se oye correr el agua y la puerta está cerrada.

Golpea a la puerta quedo. —¡Juanita! —pero su voz no es más que un susurro. Golpea de nuevo.

—¿Quién es?

Miguel pronuncia su nombre, pero obviamente su hermana no alcanza a oírlo. Golpea más fuerte.

Juanita abre la puerta de un tirón, con la cara enjabonada y expresión molesta. —Estoy en el baño —explica innecesariamente.

—Necesito tu ayuda, Nita —susurra Miguel. Mira por encima de su hombro, para ver si alguien viene subiendo las escaleras.

—¿Qué te pasa? —de repente suena más curiosa que molesta. Se ha olvidado de su cara enjabonada—. ¿Por qué hablas tan bajito?

—Se me fue la voz, pero no es por un catarro —aclara rápidamente.

—A lo mejor entraste en la *pudretad*, ¿no crees? —sugiere Juanita—. Nos lo explicaron en clase de ciencias. Eso de que a los niños les cambia la voz cuando crecen y entran a esa etapa.

A lo mejor el problema es que Juanita le habla desde el baño, pero la idea de pasar por una etapa de la vida que se llame *pudretad* no le suena nada bien. Pero no es hora de discutir con su hermanita y arriesgarse a que lo descubran y lo manden a la cama con un termómetro embutido en la boca. —No es pubertad ni nada, Juanita. Es laringitis, y punto. Pero tienes que ayudarme, ¿okey? Porque si no, Mami va a cancelar nuestro viaje.

Juanita abre mucho los ojos al oír de esta terrible posibilidad. Afortunadamente no se le pasa por la cabeza una alternativa: que Mami la deje ir a ella a Nueva York con su tía, y sin su hermano. En momentos como estos, Miguel siente una oleada de ternura hacia su inocente hermanita, que se deja engañar con tanta facilidad.

—Bajemos juntos a la cocina y tú te encargas de toda la conversación durante el desayuno, ¿está bien?

Juanita asiente muy seria, como si le hubieran asignado una tarea casi imposible de lograr, cuando en realidad, y Miguel bien lo sabe pero no lo va a decir, es ella quien más conversa.

■■■

En la cocina, Mami y tía Lola están sentadas a la mesa, chismorreando. Cada cual sostiene su tazón de café con ambas manos, para calentarlas en esta fría mañana invernal.

En el preciso momento en que Miguel y Juanita entran a la cocina, la conversación cesa. Mami y tía Lola debían estar hablando de algo que ellos no tenían por qué oír. Y ahora que no pueden tocar ese tema, centran toda su atención en los niños que acaban de aparecer, uno de los cuales trata por todos los medios de pasar desapercibido.

—¡Hola, dormilones! —bromea Mami—. ¿Ya empacaron y están listos para salir?

Juanita responde, quizás con demasiada rapidez:
—Ya dejamos las maletas en el pasillo. Miguel bajó las dos. ¡Es que es tan sano y fuerte!

Miguel quisiera patear a su hermana por debajo

de la mesa. Pero como están de pie, uno junto a otro, no puede hacer nada. La insistencia en su buena salud pondrá sobreaviso a Mami.

—¡Claro que sí! Sano, fuerte, ¡y además buenmozo! —dice Mami, lanzándole una sonrisa radiante de amor maternal—. Ven y dale un beso a Mami —le ordena, y le tiende los brazos.

A Miguel no le gusta que su mami lo trate como a un niño pequeño, pero no va a ponerse a discutir sobre su edad ahora que no tiene voz y está tan indefenso como un bebé. Se acerca vacilante y le planta un beso reacio a Mami en la mejilla. Antes de que logre retroceder, ella tira de él para obligarlo a besarla de nuevo.

—¿Te voy a hacer falta? —pregunta mirándolo, con ojos juguetones pero también tristones, que anticipan la despedida.

Miguel asiente y mantiene la cabeza baja, por temor a que su mirada lo delate. Por suerte, su mamá piensa que es la emoción lo que le impide hablar.

—¿Y qué hay de mí? —pregunta Juanita con tono petulante—. ¿Por qué no me preguntas si me vas a hacer falta a mí? —qué mal momento para que su hermanita sucumba al ataque de celos. Pero al final la cosa resulta bien, porque ahora Mami se voltea, para dedicarse a Juanita.

Mientras tanto, Miguel se concentra en embutirse el cereal a cucharadas, sin levantar la vista ni siquiera una vez. No quiere que su mirada se cruce con la de Mami y que con eso dé pie a la conversación.

—Sí que estás callado hoy —comenta tía Lola cuando Miguel se levanta para retirar su tazón vacío de la mesa.

—¿Te comieron la lengua los ratones? —dice Mami en broma.

—Veamos... —dice tía Lola mientras se acerca a Miguel y lo obliga a abrir la boca—. La lengua sigue ahí, pero la garganta se le ve un poco roja. ¿Te sientes bien? —pregunta, poniendo una mano fresca sobre la frente algo caliente de Miguel.

Por suerte, Juanita vuelve al ataque, para seguir con su plan de acción: —En inglés decimos que fue el gato el que se te comió la lengua —le explica a su tía.

—Ya veo —contesta ella, y examina atentamente a Miguel.

Cuando Mami sale para encender el carro y calentar el motor, Miguel y Juanita van corriendo hacia su tía. —¡Tía, por favor ayúdanos! —y le explican lo que sucede.

—De verdad quiero ir y ver a Papi —añade Miguel con su ronca voz.

—Pero si estás enfermo... no sé... —su tía Lola se ve indecisa. Quiere cuidar a su sobrino, y al mismo tiempo quiere darle el gusto.

—No estoy enfermo, tía, te lo prometo —dice desesperado.

—Sin embargo te vi la garganta coloradita. Déjame ver de nuevo.

Y en ese momento, Mami vuelve a la cocina y tía

Lola no tiene otra salida. Si revisa la garganta de Miguel, va a delatarlo.

—Supongo que en casa de tu papá podrás reposar en caso de que estés cogiendo un catarro —susurra mientras se ponen los abrigos.

—No voy a coger una gripe —susurra Miguel como respuesta.

—¿Qué tanto secreteo? —pregunta Mami curiosa, reuniéndose con ellos en el pasillo, donde están los percheros. Observa con suspicacia la cara del uno, de la otra y de la otra.

Juanita sale nuevamente al rescate. —Queremos pedirte un favor, Mami. Que nos dejes oír a *Harry Potter* en el camino hasta Burlington —su mamá sacó de la biblioteca el último libro de la serie.

Mientras se desplazan en silencio hacia Burlington, atentos al audiolibro, Miguel se sorprende ante la brillante movida de su hermana. Si no estuvieran oyendo la historia, Mami estaría lanzando una pregunta tras otra al asiento de atrás, relacionadas con el viaje.

Cuando están por llegar a la terminal, Mami apaga el reproductor y empieza a explicarles cómo deben hacer los cambios de autobús y los pasos a seguir en caso de que alguno se separe del grupo o se extravíe. Sin duda alguna, recuerda el primer viaje que hicieron con tía Lola a Nueva York. Su tía se les perdió y no supieron de su paradero durante varias angustiosas horas.

—No te preocupes —la tranquiliza tía Lola—. Preguntando se llega a Roma.

—Pero si no vamos a Roma —aclara Juanita confundida—. Vamos a Nueva York, ¿te acuerdas?

—Es una expresión en español, Nita —explica Mami—. Quiere decir que si eres capaz de hablar, puedes averiguar el camino adonde quiera que vayas. La razón por la cual se menciona a Roma... —y Mami se remonta a otros tiempos, cuando los españoles eran los amos del mundo y el centro de la religión católica era Roma.

Miguel respira aliviado. Cuando a la gente grande le da por la vena educacional, le ahorran a uno el tener que hablar. Cierra los ojos, al fin tranquilo. Y en ese momento nota una leve y casi insignificante irritación en el fondo de su garganta.

No será nada, piensa, quitándole importancia al asunto. Pero para cuando llegan a Nueva York esa tarde y Papi y Carmen los reciben, Miguel se ve muy decaído. Ya no le cabe duda de que le duele la garganta.

Tía Lola no está nada contenta con su decisión.
—No debí dejarte venir.

—De nada sirve llorar sobre la leche derramada, tía —le recuerda Juanita.

—No te preocupes, tía Lola, que aquí le daremos el mejor remedio que se pueda encontrar —dice Carmen rodeando a Miguel con su brazo.

Tía Lola se queda intrigada pensando en cuál será ese remedio. —Pues yo tengo mi propia receta para el mejor remedio: un té de hierbabuena con miel, canela y clavo.

¡Caramba! Miguel de repente quisiera estar de vuelta en casa, metido en su cama, sin nadie que lo moleste. Cuando uno no se siente bien, es difícil tener paciencia ante las explicaciones o aguantar que personas extrañas muestren una cariñosa preocupación hacia él, incluso si una de esas personas está destinada a convertirse en su madrastra.

●●●

Durante toda la semana, Miguel tiene que quedarse trancado en el apartamento de Papi. Los primeros días se siente tan mal que poco le importa esta situación. La noche del martes, la fiebre sube tanto que hasta Papi, quien normalmente cree que el mejor remedio es no hacerle caso y esperar a que baje sola, quiere llevarlo al hospital. Para el viernes, Miguel se siente del todo recuperado, y la única fiebre que tiene es la que lo impulsa a salir a la calle de inmediato. Qué bueno que el juego de los Knicks sea esa misma noche, pues así podrá hacer al menos una cosa divertida en esta semana de encierro justo antes de volver a casa el domingo por la mañana. ¡Así que procurará sacarle todo el provecho a esa salida, para que valga por toda la semana perdida!

Sin embargo, cuando Mami llama por teléfono antes de salir a trabajar, su bocona hermanita le cuenta que Miguel aún tenía algo de fiebre la noche anterior.

—Pero Mami, si no era una fiebre de verdad —la

refuta Miguel—. Apenas fue por encimita de los 37 grados.

De nada sirve, pues Mami ya ha tomado una decisión. —Lo siento mucho, Miguelito. Sé que significa mucho para ti, pero aún estás débil, y el juego es por la noche, en pleno invierno... es por tu propio bien —agrega. La misma excusa de siempre.

—Pero si es un juego de los Knicks —protesta él. Aunque ya tiene voz nuevamente, de poco sirve pues su mami se rehúsa a oír sus razones—. Llevo toda la semana metido en cama. Estoy cansado de estar enfermo y encerrado —insiste, pero sabe que su madre no va a ceder.

Cuando cuelga, está listo para matar a su hermana. Juanita se siente muy mal. —Perdón, perdón, perdón —lloriquea sin parar, como si eso sirviera de algo.

Solo hay una persona capaz de cambiar el rumbo de las cosas. —Papi, por favor, ¿no puedes llevarme?

Papi niega con la cabeza, con expresión triste. —Créeme que eso nos metería en problemas. Como dice tu tía... ¿Cómo es que va ese refrán del capitán y el soldado, tía Lola?

—Donde manda capitán, no manda soldado.

—Eso, exacto —asiente Papi—. En este caso, tu mami es como el capitán.

—Pero Papi, si tú también eres capitán.

—Trata de que tu mami entienda eso —murmura.

—¡Podemos ver el juego por la tele! —propone Juanita—. Y te cedo todos mis turnos, ¿okey? —por lo general, ella y Miguel se turnan para ver el programa que cada uno quiere.

Miguel sabe que su hermana está tratando de compensarlo por su metida de pata, pero ella no acaba de entender lo que sucede. Ver un juego en la tele, en un apartamentito y rodeado de la familia, no es lo mismo que verlo en vivo, en un recinto deportivo, con tu mejor amigo y rodeado de fanáticos que animan a tu equipo preferido.

La única que parece entender lo que sucede es Carmen. Mira a Miguel con ojos tristes, como si quisiera desafiar a capitanes y soldados y llevar al vuelo a su futuro hijastro a ver el juego entre los Knicks y los Bulls en el Madison Square Garden.

Miguel intenta otra movida. —Si no vamos, Carmen perderá el dinero que pagó por las entradas —a lo mejor Papi pueda cambiar de idea si él sale a defender el presupuesto de su futura esposa.

Pero su papá ya ha pensado en una solución. —Voy a hablar con el papá de José para explicarle la situación. Que vaya con José a ver el juego y que revenda nuestras entradas. Probablemente podremos sacarles a esas cinco el dinero suficiente para cubrir el precio de las siete. Y la próxima vez que vengas, mi'jo, te prometo que...

Miguel ya se ha dado vuelta en la cama y se tapa la cabeza con las cobijas. ¿A quién le importa ver un juego dentro de varios meses? ¡Ya se hartó de su familia! Mientras yace ahí bajo las sábanas, empieza a

93

planear su huida. Va a llegar hasta el Madison Square Garden a ver el juego, no importa lo que digan o piensen Mami, el capitán, o Papi, el primer oficial. Al fin y al cabo, Miguel no está en el ejército, así que ¿por qué iba a obedecer?

●●●

Ese mismo día, un poco después, Papi lleva a tía Lola y a Juanita a almorzar donde los abuelitos. A Miguel le encantaría visitarlos, pero la salud de la abuelita es delicada. En este invierno ha padecido un catarro tras otro, y es preferible no correr el riesgo de que Miguel la visite también, pues podría contagiarla.

—No estoy muy seguro de dejarte solo —dice Papi preocupado. Su trabajo diurno consiste en decorar vitrinas de tiendas por departamentos, y se ha tomado libre buena parte de la semana para estar con sus hijos y tía Lola. Aunque no suele ser tan sobreprotector, todavía no sabe bien qué esperar de su nuevo vecindario. Apenas se mudó a Brooklyn en enero pasado para estar más cerca de sus padres y de Carmen. En las últimas semanas han ocurrido algunos incidentes con adolescentes que en sus andanzas por la zona destruyen edificios y saquean tiendas. No son pandillas peligrosas de verdad, pero más vale no arriesgarse.

Miguel no tiene inconvenientes en quedarse solo en el apartamento, y menos aún debido a su plan de fugarse al Madison Square Garden una vez que todos se hayan ido. No tiene idea de cómo llegar allá desde Brooklyn, pero está seguro de que podrá encontrar el camino preguntando aquí y allá. ¿Cómo era ese refrán que recitaba su tía en el carro sobre llegar a Roma? Una vez en el lugar, buscará a José y a su papi y entrará con ellos. Y podrán vender las cuatro entradas restantes.

Pero Miguel no tiene suerte: Carmen ofrece tomarse libre la tarde de su trabajo en una firma de abogados para pasarla con él. —Estaré bien —repite insistentemente, pero a fuerza de tanto defender su estado de salud va a volver a quedarse sin voz.

Justo antes de salir, Papi llama a Carmen, que está por dejar su oficina para tomar al metro. Papi y Juanita y tía Lola pueden adelantarse a su almuerzo, ya que ella llegará en cuestión de veinte minutos.

Por último, viene la ronda final de recomendaciones de Papi sobre cómo cerrar la puerta y correr la cadena, y no abrirle a nadie más que a Carmen, pero tras asomarse primero por la mirilla para asegurarse de que sea ella. Y Papi, tía Lola y Juanita se van. Miguel los observa salir por la puerta delantera del edificio, para después cruzar la calle y doblar la esquina antes de desaparecer. Rápidamente abandona la cama. Mientras se pone la sudadera de los Knicks, siente remordimientos. Carmen va a llegar y al no encontrarlo se pondrá como loca. Pero no puede permitirse pensar en eso. Es culpa de todos ellos, por ser tan sobreprotectores. Lleva cinco días encerrado, y pronto terminarán las vacaciones de invierno, y habrá pasado todo el tiempo en cama.

Además, se va dejando una nota, dirigida a "Papi y tía Lola y Juanita" y luego de pensarlo, añade "y Carmen".

"¡Por favor, no se vayan a preocupar! Voy a encontrarme con José y su papá en el juego. Volveré tan pronto termine. Miguel".

Deja la hoja de papel apoyada en su almohada y siente que el corazón le late de prisa. Lo cierto es que este es su primer acto grave de desobediencia y sabe que probablemente se meterá en problemas. Pero tan pronto como piensa en la injusticia que cometen sus padres al no permitirle hacer una única cosa divertida durante las vacaciones, vuelve a sentirse capaz de todo. Sale del apartamento, y solo retrocede para asegurarse de que cerró bien la puerta.

Una vez que se encuentra en la helada calle, Miguel detiene a un hombre vestido con una chaqueta de cuero y le pregunta: —¿Cómo llego al Madison Square Garden? —el hombre se encoge de hombros. Imposible saber si no entiende o no habla inglés.

La siguiente persona a la que acude es una ancianita que pasea a un perro diminuto y carga una bolsita y una pala. Alguien tan cuidadoso y pulcro debe poder orientarlo sin dificultad.

—¿Madison Square Garden? —repite ella, entrecerrando los ojos como si alcanzara a distinguir el edificio desde Brooklyn—. Veamos... Madison Square Garden

—dice nuevamente—. Madison Square Garden —a lo mejor cree que mientras más repita el nombre, mejor recordará dónde queda—. ¿Y qué tienes que hacer tú solo en el Madison Square Garden, jovencito? —pregunta por fin, con tono irritado, como si el esfuerzo de recordar dónde está el lugar solo se justificara si Miguel tiene una razón suficientemente buena para ir allá.

Hasta ahí llegó el refrán de su tía Lola de que preguntando se llega a Roma. ¡Miguel no podrá llegar ni siquiera a Manhattan desde Brooklyn!

Más bien puede ponerse a andar hasta encontrar una estación del metro. De otra forma, seguirá al frente del edificio donde vive su papá cuando Carmen llegue.

Pero una vez que encuentra el símbolo del metro que ya conoce, y baja las escaleras, descubre que en la ventanilla de boletos no hay nadie. Lo que se ve es un aviso que invita a los usuarios a comprar sus boletos en la máquina automática. Si Miguel busca información para poder llegar al Madison Square Garden, más le vale subir de nuevo a la calle y probar a preguntar en una de las tienditas que hay fuera.

Al darse vuelta para subir, se golpea de frente con alguien que viene bajando. Miguel está a punto de disculparse cuando de repente siente que lo empujan contra la pared.

—Mira para dónde vas, moreno —un tipo de apariencia temible, y con la piel del mismo tono de la de Miguel, lo mira enfurecido.

—No lo vi —intenta explicar Miguel.

—¡¡¿Cómo que no me viste?!! —le grita el tipo en la cara. Y en ese momento, Miguel se da cuenta de que tras él viene todo un grupo de compinches. Pero este es el más temible de todos, aunque los demás también dan miedo, vestidos de negro, con *piercings* en lugares que parecen dolorosos: la nariz, las cejas, la curva de las orejas—. Explícame cómo es eso de que no me viste.

Miguel siente que el corazón se le va a salir por la boca, y teme que este tipo tan terrorífico lo obligue a escupirlo.

—Anda, Rafi, déjalo en paz —suplica la muchacha que va agarrada al brazo del malandrín—. No es más que un niño.

Normalmente, Miguel se hubiera ofendido al oír semejante descripción de sí mismo. Al fin y al cabo, en cuatro semanas cumplirá once años. Pero no le importa que el tipo crea que tiene la edad de Juanita, con tal de que lo deje en paz.

El tipo parece molesto al oír que su novia le dice lo que debe hacer. Le da a Miguel otro empujón.

—¿Niño? Pero si no es ningún niño. ¿Cuántos años tienes? —brama.

Miguel está seguro de que, diga lo que diga, dará la respuesta equivocada. Además, no logra que le salga la voz. Es como si la laringitis hubiera vuelto al ataque, y en serio.

—Vamos, Rafi, que ya viene el metro —la muchacha tira del brazo de su novio. Y tiene razón, pues el tren se acerca a la estación rugiendo atronador. Pero Rafi parece indeciso entre seguirla a ella y a sus compinches que se agachan para pasar bajo el torniquete de entrada y así no pagar, o si continuar jugando con su aterrorizada presa, al igual que un gato con un ratón.

En ese momento, las puertas del tren se abren. Por el rabillo del ojo Miguel distingue un par de imágenes que le levantan el ánimo. La primera son dos policías uniformados que se bajan del metro, y tras ellos, una cara que jamás pensó que le produciría tanta dicha ver: la propia Carmen.

En cuestión de instantes, ella descifra lo que está sucediendo, y rápidamente se lanza a la acción, como una leona que defiende a sus cachorros. —¡Quítale las manos de encima! —grita, mientras atraviesa veloz el torniquete y saca algo de su cartera. Es el aerosol de gas pimienta que le estaba mostrando a tía Lola justo la otra noche.

Cuando al fin está lista para disparar el gas, y Rafi se ha volteado para golpear a quien sea que le dice lo que debe hacer, ya es demasiado tarde. Los policías lo inmovilizan: uno lo agarra por el cuello mientras otro le pone las esposas. Y el tipo grita palabrotas que Miguel jamás ha oído.

Para ese momento, Carmen ha llegado al lado de Miguel, para protegerlo de las patadas que un Rafi alterado lanza sin ton ni son. Al mirar por sobre su hombro, Miguel ve por última vez las caras del resto de la pandilla. Tienen la boca abierta de par en par, y ninguno se ve tan intimidante como antes. La novia de Rafi llora lágrimas que el rímel vuelve negras. Las puertas se cierran. El tren se aleja de la estación, llevando al grupo, sano y salvo, lejos de su derrotado líder.

***

En el camino de regreso al apartamento, Carmen rodea con el brazo a Miguel, como si quisiera protegerlo de cualquier malandrín que pudieran encontrar. Está muy callada, para lo que es su costumbre. A lo mejor sigue conmocionada por lo que sucedió, e incluso algo enojada con Miguel. Y él no se lo recriminaría ni un poquito. Quisiera disculparse, pero es como si de verdad se le hubieran comido la lengua los ratones. No se le ocurre por dónde empezar. Además, está a la espera de la reprimenda que sabe que lo aguarda.

Tiene que reconocer que Carmen se portó valientemente, con la forma como se interpuso ante él para protegerlo. Tampoco lo puso en evidencia ante la policía al revelar que no tenía permiso de salir solo del apartamento. De hecho, se negó a presentar cargos contra Rafi por considerar que no era más que un muchacho que necesitaba ayuda. A lo mejor no contaba con una familia buena como la de Miguel, que lo cuidara y protegiera.

—Gracias —dice finalmente Miguel tras varios minutos de silencio—. Te portaste de forma increíble. Lo siento mucho.

En lugar de sermonearlo, le da un apretoncito en el brazo. —Si te llegara a suceder algo, Miguel Ángel, yo... —guarda silencio otra vez, como si lo peor que le pudiera pasar a ella es que algo le sucediera a él.

Miguel sabe que le debe una explicación, aunque Carmen no la ha pedido. Así que le cuenta lo mucho que apreciaba que ella hubiera conseguido los boletos, que no quería perderse el juego; que quería ver a José, su mejor amigo; que había dejado una nota en el apartamento. A pesar de eso, sabe que tomó la decisión equivocada y que fue muy egoísta de su parte. Papi y su tía Lola y Juanita se hubieran muerto de la preocupación por él.

—Y Carmen también —le recuerda ella.

—Te prometo que jamás volveré a hacer una cosa tan estúpida.

—O al menos me lo cuentas con anticipación para irme contigo —dice, y sonríe cuando Miguel la mira.

—Anda, ven —agrega—. Voy a llamar a tu mami para hablar con ella. Probablemente lo que sucede es que está muy preocupada por estar lejos. Si acepta, vamos a romper la nota que dejaste y escribir una nueva para decirles a tu papi, a tu tía Lola y a Juanita que se reúnan con nosotros en el Madison Square Garden. Y llamaré al papá de José para que sepa que vamos a llegar y que no debe revender nuestros boletos. Vale la pena intentarlo, ¿no crees?

Miguel no puede evitar sonreírle. Tal como se siente ahora, sabe que la va a pasar bien, incluso si terminan viendo el juego por la tele. A Carmen se le ocurrirá alguna manera de hacerlo especialmente entretenido. Y si van, Miguel no tendrá que preocuparse por pedir indicaciones porque seguro que Carmen sabe llegar al Madison Square Garden por sus propios medios, o incluso a Roma.

lección 8

Nunca es tarde si la dicha es buena

Después del regreso a Vermont, el invierno continuó. El único momento en que se rompió la gris monotonía del frío fue para el cumpleaños de Miguel a finales de marzo, cuando cumplió once años, pero en cuestión de veinticuatro horas todo había pasado.

Y luego empezó abril, dando pasos tímidos hacia la primavera, pero por cada pasito adelante, vinieron cuatro grandes zancadas de vuelta al frío. El pueblo se ha ido volviendo más gris y las personas más pálidas. Los pocos que se aventuran a salir a la calle se mueven despacio, para no resbalar en las aceras cubiertas de hielo. Andan a paso tan lento que cualquiera podría pensar que todo el estado ha caído en hibernación.

Pero el Café Amigos de Rudy está más lleno de vida que nunca. Es el único local con bullente atmósfera tropical en muchas millas a la redonda. Cada miércoles se organiza la "noche latina", y el menú se imprime en español. Tía Lola ayuda con la comida. Sale de la cocina con una humeante olla de comida apetitosa y reparte porciones adicionales para quienes quieran más. Luego de eso, las mesas se corren hacia las paredes y tía Lola da clases de baile, de salsa, merengue y cha-cha-chá, que sirven para quemar el exceso de comida al cual nadie pudo negarse.

Entre las clases de la escuela y las que da en el restaurante, tía Lola se mantiene "muy, muy ocupada". Ella lo dice en español, pero ya todo el mundo en el pueblo conoce el significado de la expresión. De hecho, el condado entero va haciéndose bilingüe poco a poco.

—¡No solo aprendiste a enseñar en la escuela, tía Lola, sino a enseñar en cualquier lugar! —le dice Juanita cuando ambas se suben al autobús que las llevará a la Escuela Primaria Bridgeport una gélida mañana, demasiado fría para ser abril.

Tía Lola sonríe alegre: —He tenido mucha suerte —reconoce, y menea la cabeza algo incrédula—. ¡Pensé que vendría a Vermont y que aquí me sentiría sola y triste, y que echaría de menos mi casa! En lugar de eso, me estoy divirtiendo más que nunca en la vida. He estado en Nueva York, he visto una función de ballet e incluso un juego de los Kickys.

—De los Knicks, tía —la corrige Miguel desde la parte trasera del bus, donde comparte asiento con Dean y Sam. Sus amigos ya conocen el relato de sus aventuras en Nueva York, incluido su casi enfrentamiento en el metro. Claro, Miguel ha hecho uso de la típica imaginación de los alumnos de quinto curso para retocar todo el incidente, de manera que es él quien salta por encima del torniquete, y él también quien saca el gas pimienta, ante las súplicas de la novia de Rafi, de rodillas a sus pies: "¡Por favor! Ten piedad de mi novio".

Pero una parte de la historia que Miguel no ha tenido que modificar es la manera en que Carmen convenció a Mami para que lo dejara ir al juego. Y no solo es eso. Desde entonces, Carmen y Mami han conversado varias veces. Miguel se da cuenta de que su mami ahora quiere que Juanita y él se lleven bien con la novia de su papá. De hecho, ha admitido que su papá tiene suerte de haber encontrado a una mujer semejante para mantenerle los pies en la tierra. —Más vale que sea ella y no yo —ha dicho, con menos generosidad.

Tía Lola lo intenta de nuevo: —El juego de los Kii-niiic-kys —y no importa cuánto se esfuercen por enseñarle bien, ella no logra pronunciar ciertas palabras en inglés—. He tenido tan buena suerte al venir a Vermont y aprender a enseñar en la escuela, conocer tantos nuevos amigos: el Rudy, la señora Stevens, la *Mrs.* Prouty, la jovencita Sweeney... —empieza a enumerarlos, y de repente se calla. Con gesto nervioso se lleva la mano a la frente, luego al pecho, al hombro izquierdo y al derecho, para terminar besándose el pulgar.

—¿Qué es eso que estás haciendo, tía? —pregunta Juanita perpleja.

—Es la señal de la cruz, nada más. Es para protegerme, pues jactarse de la buena suerte da mala suerte.

—Pero, ¿por qué? —Juanita mira a su tía como si acabara de caer allí desde el espacio exterior, y no de la República Dominicana.

—Es una de nuestras costumbres, ¿sabes? De la tradición, como los refranes —explica ella.

Juanita empieza a pensar en las últimas veces en que pudo haberse jactado de algo. Pero nada malo sucedió luego de su regreso de Nueva York, a pesar de que sí alardeó de haber asistido a una función del ballet de la ciudad con Ming, Carmen y tía Lola. En realidad, a excepción de que el invierno aún no termina, su vida es una maravilla. En la escuela tiene una maestra realmente encantadora y muchos amigos. Y ahora que sí presta atención en clase, cada día es una completa aventura.

—Pero también he tenido muchas, muchas, muchas cosas desafortunadas —dice tía Lola en voz muy alta, como si quisiera asegurarse de que quien sea que esté a cargo de castigar a las personas por alardear de su buena suerte también se entere de sus infortunios—. ¡Muchas cosas desagradables!

Juanita sabe que debería ayudar a su tía Lola a alejar la mala suerte, pero siente demasiada curiosidad.

—Pensé que estabas contenta de verdad aquí, tía. ¿Cuáles son las cosas desagradables que han sucedido?

La frente de su tía se llena de arrugas mientras ella trata desesperadamente de encontrar un motivo de queja. —*Well...* bueno... llevamos muchos meses de frío —y justo en ese momento, un rayo de sol entra por la ventana y baña al autobús con su calidez veraniega. Tía Lola suspira, derrotada. Es imposible negarlo: en los últimos tiempos ha tenido una vida muy afortunada.

Desde la parte de atrás del autobús llega el sonido de la voz de Miguel reportando en detalle alguna jugada de los Knicks en el partido del Madison Square Garden.

—¡Ya, ya! —grita tía Lola—. Ya sé cuál es la cosa desafortunada que me ha estado ocurriendo: ¡el inglés! Aprender ese idioma es muy difícil. En el restaurante, me dicen que la berenjena, que se llama *eggplant*, no tiene nada que ver con los *eggs*, o huevos. Un *hamburger* no se hace con *ham*, jamón, sino con carne molida. El postre se llama *dessert*, casi como el desierto, que se dice *desert*, pero nadie puede dejar la mesa para irse a un desierto porque no los hay en Vermont. Si hay más de un ganso, no puedo decir *gooses* sino *geese*. Pero si los animales que veo son alces, ya no digo *meese* sino *mooses*. ¡No, no, no! Es muy complicado. ¡Me voy a volver loca aprendiendo inglés!

¿De verdad se va a enloquecer tía Lola al aprender inglés o lo dice nada más para conjurar la mala suerte que pueda darle alardear de su buena fortuna? Justo cuando Juanita empieza a preocuparse por su tía, ella le hace un guiño. Su lunar, que por lo general está a la derecha de su labio superior, ahora aparece en su mejilla izquierda. Juanita sonríe al verlo allí. Si no tuviera a su tía Lola, sería una niña infeliz y sin suerte, claro que sí. Cierra los ojos con fuerza y se concentra con toda su mente. Su propia costumbre cuando necesita atraer la buena suerte es cerrar los ojos y pedir un deseo, a diferencia de su tía Lola que se persigna.

❖❖❖

Esa noche, la mala suerte avanza como otro frente frío. Mami revisa el correo y encuentra una carta del Departamento de Inmigración de los Estados Unidos, que dice que la visa de visitante de la señora María Dolores Milagros Santos está a punto de vencerse. La señora deberá reportarse a la oficina de inmigración de su lugar de residencia y prepararse para abandonar el país de inmediato. La cara de Mami palidece.

—¿Qué pasa, Mami? —Juanita quiere saber, y su corazón late fuerte al recordar la conversación de la mañana en el autobús.

Pero Mami está demasiado preocupada como para explicarle. —¿A qué se refieren con eso de que debe abandonar el país de inmediato? Pero si hicimos la solicitud... El abogado nos dijo... ¿Cómo pueden separar a una familia de esta manera?

—Mami, ¿de quién estás hablando? —pregunta Juanita con desesperación. Es terrible ver a los papás en estado de pánico cuando uno no sabe cuál es la razón para que estén así.

—María Dolores Milagros Santos —explica Mami, sin que sirva de gran cosa. Y luego se da cuenta de que Juanita y Miguel no tienen idea de quién es la persona que lleva ese nombre—. Tía Lola, ese es su nombre completo.

Con ese nombre, no es de extrañar que tía Lola tenga mala suerte. Al fin y al cabo, "dolores" no es una palabra con un significado muy optimista. Claro, va combinado con "milagros" y probablemente lo bueno de los unos anula lo malo de los otros. Al menos eso espera Juanita.

—No hay que ahogarse en un vaso de agua —aconseja la tía muy serena. Es lo que siempre dice cuando ve que alguien se preocupa demasiado por algo insignificante.

Pero si tía Lola tiene que dejar el país, la cosa no es insignificante, para nada. —Es como nuestra abuela —dice Juanita entre sollozos.

—Tal vez pueda irme para luego volver, así como hice la navidad pasada.

Mami niega con la cabeza. —¿Te acuerdas de lo que nos dijo el abogado aquel? La visa tenía vigencia de dieciséis meses, sin posibilidad de renovaciones. Pero dijo que solicitaría una tarjeta de residencia para que pudieras quedarte. Luego de que le expliqué que tú eras como mi mamá, dijo que no habría ningún problema. Tras haberle pagado todo ese dinero... —la voz de Mami se apaga, y ella se hunde en su silla, con aire de derrota.

Miguel ha estado sentado cerca, pensando en cómo ayudar a su familia. Ha contado la historia de su enfrentamiento en el metro tantas veces que casi se ve a sí mismo como un superhéroe. De cierta forma, ha estado aguardando la oportunidad de rescatar a alguien de verdad. Y aquí la tiene. Pero ¿qué hacer? No tiene la más remota idea.

La historia del metro lo lleva a pensar en Carmen, obviamente. Y luego se le ocurre: —¿Por qué no llamamos a Carmen? Ella es abogada —en el momento en que Miguel hace esta propuesta, le preocupa que su mami se moleste. Pero en lugar de notar un aire de irritación en ella, ve una expresión de alivio en su cara.

—No es una abogada que se encargue de asuntos migratorios, pero a pesar de eso... —Mami está pensando en voz alta—. Lo cierto es que trabaja en una firma de abogados, y es muy posible que sepa de alguien que se ocupe de visas. A lo mejor nos puede ayudar.

Mami llama a Carmen, y poco después las dos hablan durante un buen rato. Juanita, Miguel y tía Lola están sentados a la mesa, y observan cada expresión de Mami. Antes de colgar, Carmen le promete llamarla una vez que hable con algunos de sus colegas en la oficina. Tal vez algo pueda resultar de ahí.

Por favor, por favor, piensa Juanita y cierra los ojos con fuerza, por segunda vez en el día, para pedir su deseo: *¡Que tía Lola pueda quedarse con nosotros!*

◆◆◆

De alguna manera, la noticia se difunde en la escuela y en el pueblo. Tía Lola podría tener que irse del país.

—¡No puede irse! —dice la señora Stevens y cruza los brazos y se planta frente a la puerta de la escuela. No va a permitir que nadie le quite a la mejor de sus voluntarias—. ¿Quién va a enseñarles español a los niños? ¿Quién va a organizar fiestas de carnaval, búsquedas del tesoro y a pintar murales en los pasillos para hacerlos más alegres?

—¿Y quién va a estar a cargo de la "noche latina"? —pregunta Rudy con gesto de incredulidad cuando se entera de la noticia, y salpicando su inglés con palabras en español—. ¿Quién nos va a enseñar a bailar merengue y a preparar flan y ese maravilloso plato que es el arroz con *habichulas*?

—Se dice arroz con habichuelas —lo corrige tía Lola, pero sin su sonrisa alegre de costumbre. Al recibir la notificación para abandonar el país, ha empezado a sentirse como una invitada que ha excedido el tiempo prudente de su visita y ya no es bienvenida.

—¿Quién va a fabricar las piñatas para vender en mi tienda? —suspira Stargazer—. ¿Y quién me ayudará a pintar los anuncios de ofertas?

Woody, el hijo de Rudy, resume en una frase los sentimientos del pueblo entero: —Tía Lola no puede irse. Es lo mejor que le ha sucedido a este pueblo desde...

—Desde que los peregrinos del *Mayflower* llegaron aquí —dice Dawn, y eso ya es mucho decir, pues cuentan que sus antepasados vinieron en ese barco que trajo a los primeros colonos a Nueva Inglaterra.

—¡No nos dejemos arrastrar por las circunstancias! —dice el coronel Charlebois con su habitual dejo cascarrabias, mientras disfruta de su comida diaria en el Café Amigos. Pero la verdad es que sí está malhumorado por estas noticias tan poco agradables—. Si tía Lola nos dejara, estaríamos en una situación triste, tan triste que no creo que nadie podría soportarla —y se aclara la garganta una y otra vez. Aunque suele ser de buen comer, hoy apenas toca los huevos rancheros que le trajeron, sin importar que estén exactamente como le gustan.

●●●

Unos cuantos días después, Carmen vuelve a llamar a Mami. Hay varias opciones que permitirían que tía Lola se quedara en los Estados Unidos. Para decidir cuál es la mejor, Mami convoca a una reunión informal del pueblo en el Café Amigos esa noche de miércoles.

¡Y se presenta el pueblo entero! No cabe tanta gente en el restaurante, así que se trasladan al otro lado de la calle, a la sala más grande de la biblioteca.

Mami lee en voz alta todas las posibilidades que le dio a Carmen uno de sus colegas. Entre ellas figura la opción de solicitar una visa por "capacidades extraordinarias", que se le concede a personas que tengan destrezas excepcionales de las cuales no podría prescindir el país. Al oír sobre esta alternativa, todos empiezan a aplaudir. —¡Eso es! —gritan aquí y allá—. ¡Esa es nuestra opción! No podemos perder a tía Lola, pues tiene la extraordinaria capacidad de unirnos como comunidad.

Sin embargo, la tía sigue teniendo que reportarse el viernes en la oficina de inmigración y presentar su caso ante un juez. El viernes es día de capacitación de maestros y trabajo de planeación en la escuela, y no hay clases, de manera que la señora Stevens se ofrece para acompañar a tía Lola y hablar a su favor. Al fin y al cabo, parte de su trabajo de planeación es hacer lo posible por conservar en su escuela a ese tesoro que es tía Lola.

—Yo también voy —dice la señora Prouty—. No sé qué haríamos sin ella.

—Pues cuenten conmigo también —declara el señor Bicknell, que siempre sale a defender las causas que considera justas.

Y en cuestión de minutos, todos los maestros de la Escuela Primaria Bridgeport han decidido ir también en apoyo de tía Lola. Los alumnos siguen el ejemplo. Un grupo de niños de sexto curso convence a varios de sus padres de llevarlos para asistir a la audiencia. Será como una excursión pedagógica, para ver cómo funciona el país. Y de repente hay niños de todas las edades pidiendo ir. Por supuesto que Rudy va a cerrar su restaurante ese día para acudir a la oficina de inmigración, y Woody ofrece llevar a todos los que quepan en su *van*. El coronel Charlebois dice que puede llevar a tres personas, o a cinco si dos de ellas son bien delgadas, lo cual solo puede suceder si jamás han ido al Café Amigos y no han descubierto su excelente gastronomía, que es lo que el coronel llama buen sazón.

Hacia el final de la asamblea, la mayor parte de los habitantes del pueblo están decididos a presentarse en la oficina de inmigración el viernes en la mañana.

Juanita está sentada desde el principio en primera fila, preocupada y curiosa por lo que va a suceder. Mami les contó a Miguel y a ella en casa, para prepararlos, que Carmen le dijo que las posibilidades de que tía Lola se pudiera quedar eran muy pocas. Todos los extranjeros tienen que entrar en un sorteo, y se les da preferencia a los parientes inmediatos de ciudadanos estadounidenses: hijos, padres y abuelos. Eso quiere decir que, a pesar de que fue tía Lola la que crió a Mami, en el papel ella no es más que una tía. Así que tendrá que quedar al final de la lista de prioridad.

Juanita no consigue imaginarse la vida sin su tía Lola. Mami tiene razón cuando dice que cómo es posible que un país como los Estados Unidos le haga eso a su familia. Bien podrían deportar a la propia Juanita, aunque tendría que dejar a sus papás y a su hermano, así como a su patria.

Tía Lola ha estado sentada muy callada a su lado todo el tiempo, enjugándose una que otra vez los ojos con uno de los pañuelos que Carmen le regaló para recoger sus lágrimas de dicha. Pero Juanita está segura de que estas lágrimas no fluyen por alegría. ¿Cómo podrían serlo si le están pidiendo que abandone un país donde no ha hecho más que repartir afecto y felicidad?

Cuando la reunión empieza a disolverse, tía Lola se pone de pie y le pide a Mami que traduzca sus palabras.

Mami anuncia que tía Lola tiene algo qué decir, y en ese momento la ruidosa y encendida multitud se sienta obediente. Se podría oír la caída de un alfiler.

—Quiero agradecerles a todos ustedes —comienza con voz emocionada—, por haberme dado tan calurosa acogida a su maravilloso país. No sé si podré quedarme o tendré que irme, pero en todo caso siempre estaré aquí, porque ustedes me permitieron entrar a sus corazones. Y nunca estarán lejos de mí porque me los llevo a todos y cada uno en mi corazón y en mis recuerdos.

A Mami se le asoman las lágrimas mientras traduce. Desde su silla en la primera fila, Juanita ve dos tías Lolas y dos Mamis entre las lágrimas. Y Miguel está listo para saltar de su silla a proteger a tía Lola si aparecen los guardias a llevársela, tal como Carmen lo protegió de Rafi en el metro.

En toda la sala hay personas que se sacuden y tosen para disimular la tristeza. Las palabras de tía Lola tienen un aire de despedida para todos. Pero luego su tono de voz cambia: —Una última cosa —dice, mostrando su brillante sonrisa—, antes de irme, prometo que con el apoyo de ustedes voy a luchar con todas mis fuerzas para quedarme.

Una vez más, la multitud estalla en aplausos y

vítores, solo que esta vez la respuesta es más ruidosa, más intensa y más prolongada. Hasta Melrose, el secretario del ayuntamiento, confiesa que jamás ha visto algo semejante. —Quizás tía Lola debería lanzarse como candidata a gobernadora o algo así.

—Nunca es tarde si la dicha es buena —concluye diciendo tía Lola, antes de sentarse de nuevo.

Mami se esfuerza por traducir ese refrán, y ante la dificultad de hacerlo, termina diciendo: —Sea como sea, gracias a todos por apoyarnos de esta manera.

En lugar de aplaudir furiosamente y patear el suelo, Juanita cierra los ojos. *Por favor, por favor, por favor, que tía Lola pueda quedarse*, es lo que desea más fervientemente. Lo repite, para que así sea aún más fuerte. Y después de eso, no puede evitar llevarse la mano a la frente, al corazón, a cada uno de sus hombros, para luego besarse el pulgar, sellando así el mayor deseo que recuerda haber tenido hasta ahora en su vida.

lección 9

En la unión está la fuerza

Al igual que todos los demás habitantes del condado, Miguel se despierta el viernes en la mañana con una mezcla de expectativa y temor. Para el final del día se habrá decidido la suerte de tía Lola. Mami ya les aconsejó a él y a Juanita que no abrigaran demasiadas esperanzas. Pero, ¿cómo evitarlo cuando la mañana amanece tan soleada, cálida y esplendorosa?

Después del desayuno, tía Lola se aparece en la puerta con una maletita. El corazón de Miguel se siente como si fuera una piedrecita que alguien arrojó a un pozo, dejándole un agujero vacío en el pecho. —¿Qué estás haciendo con esa *suitcase*? —pregunta, como si no supiera la respuesta.

—Por si acaso —responde tía Lola alegremente—. Pero fíjate lo pequeña que es. Así, si tengo que irme, no será por mucho tiempo.

Mami señala la maleta también. —Es como el impermeable de la suerte. Si uno lo lleva puesto, es una forma de garantizar que no va a llover. Si tía Lola saca su maleta, se asegura de que no la van a deportar.

Miguel gime, pues recuerda una buena cantidad de veces en que su mami lo ha obligado a llevar el impermeable puesto, y con todo y eso llueve.

—Bueno, bueno, Miguel Ángel Guzman —le dice Mami—. Vas a contagiarle los nervios a tu tía Lola si te pones tan nervioso. No olvides que tiene que convencer al juez de inmigración de que la deje quedarse. Tenemos que organizarnos como un frente unido. Como diría la tía...

—En la unión está la fuerza —dice tía Lola citando otro de sus proverbios. Suena como una frase adecuada para la Declaración de Independencia de los Estados Unidos. Eso debería servir para convencer a cualquier juez de inmigración.

—Oye, tía, ¿qué tal si le dices alguno de tus sabios refranes al juez? —agrega Miguel, medio en broma—. Eso le demostrará que no podemos dejarte ir.

Mami se sienta pesadamente en una de las bancas del vestíbulo de entrada. Es como si acabaran de confirmarle que sus sospechas son ciertas. —Ahora sí estoy del todo segura. ¡Mi hijo es un genio! ¡Qué magnífica idea!

A Miguel le encantan los halagos, como a cualquier persona, pero a veces Mami se pasa. Y cuando uno recibe demasiados elogios, se siente como un animal que se paraliza al ver las luces de un coche que se acerca:

no hay margen para cometer un error y tampoco para mejorar en algo en lo que uno ya es bueno.

—¡Tía, vamos a probarle al juez que eres como el oráculo del pueblo! —dice Mami aplaudiendo.

—¿Qué es eso? —pregunta Juanita, que no resiste la tentación de aprender una nueva palabra.

—Un oráculo es una persona o un lugar o incluso un libro que ofrece una gran cantidad de sabiduría —y se lanza a hablar del oráculo de Delfos en la antigua Grecia, y de cómo en otros tiempos, en la China, la gente consultaba un libro titulado *I Ching* para orientarse en sus decisiones.

Miguel no presta mucha atención, metido en sus fantasías. Tras varias semanas en las que no ha sucedido nada, al fin se presenta un día lleno de emociones. Papi no podía perder más días de trabajo, pero Carmen sí viajará en avión desde Nueva York, con un abogado especialista en migración que forma parte de la firma donde trabaja, y que ha aceptado representar a tía Lola. Todos acordaron encontrarse en la oficina de inmigración.

Al principio, Mami titubeó cuando Carmen hizo su ofrecimiento. —No creo que podamos costear otro abogado. El último nos dejó sin un centavo.

—No te preocupes por eso, porque no tendrá ningún costo —le aseguró Carmen.

Pero tras colgar el teléfono, Mami se quedó pensando. —Tengo la impresión de que Carmen va a ser quien corra con los gastos de todo esto.

—Es una amiga sincera —dijo tía Lola, llevándose

una mano al corazón—. Amiga en la adversidad es amiga de verdad.

Si tía Lola puede continuar con su retahíla de refranes, es casi seguro que obtendrá una visa especial. Miguel no cree que todo esto sea un plan para engañar las leyes de su país, ya que su tía Lola sí posee muchas capacidades extraordinarias. No hay sino que ver lo que ha hecho por el pueblo donde viven: clases gratuitas de español, exquisita comida y esa magia tan particular suya para reunir a la gente a su alrededor. Y, además, sus refranes son verdaderamente sabios. De repente, Miguel se llena de esperanzas. No todos los días sucede que el Departamento de Inmigración recibe una solicitud para que un oráculo obtenga una visa especial, y menos si ese oráculo tiene un sobrino que es un genio.

Para cuando Miguel, Juanita, tía Lola y Mami llegan, se ha congregado una multitud frente al edificio cuadrado de ladrillo y sin mayores ornamentos. Un aviso de gran tamaño dice *Department of Homeland Security*, o sea Departamento de Seguridad Interior. Hay varias patrullas de la policía parqueadas frente al edificio, y el camino hacia la puerta está bloqueado con vallas de caballetes. Los policías parecen desconcertados por el tamaño de la multitud reunida esa soleada mañana de abril, en ese pueblecito donde nunca sucede nada.

En el momento en que aparece tía Lola, la multitud la aclama. Los tres policías de inmediato se plantan en posición de atención, listos para proteger el edificio de cualquier ataque. Pero lo que ven venir es una mujer joven y atractiva en un elegante traje sastre negro, acompañada por un niño y una niña bien vestidos. Tras ellos avanza una señora con aire alegre, al parecer la abuela de los niños, con una llamativa flor morada entre el pelo y una bufanda amarilla brillante anudada sobre el abrigo. Lo único en que se diferencia esta familia es en el tono de la piel, más canela de lo acostumbrado en esas regiones, y sus modales muy cuidados. Se detienen para explicar quiénes son y para disculparse por cualquier molestia. Entonces, esta es la familia que todos están esperando.

—Sus abogados acaban de entrar —explica uno de los oficiales—. Los esperan adentro.

—Gracias, señor agente —contesta Mami, y les lanza una ojeada a Juanita y Miguel, quienes a su vez dicen: —Gracias, señor agente.

En el camino desde la casa, Mami los estuvo instruyendo para que se comportaran de acuerdo con el dicho de tía Lola de que se cogen más moscas con una gota de miel que con un cuarto de vinagre.

—Muchas gracias —repite tía Lola, en español, y agrega—: El amor lo vence todo —que es otro de sus adagios.

—Todavía no, tía —susurra Miguel. Más vale que guarde los refranes para más tarde, pues el policía no es la persona a la cual debe impresionar con sus cualidades extraordinarias.

Pero la sonrisa de tía Lola es tan radiante que el rudo agente de la ley le responde con otra. —Tenga cuidado con el escalón —le advierte, y abre la puerta para dejarla entrar.

En el interior del edificio, Carmen está tan feliz de verlos que los abraza a todos, a pesar de que con Mami por lo general se estrechan la mano y nada más. Cuando termina la ronda de saludos, un hombre alto y de piel canela se adelanta. Tiene el pelo negro y despeinado, y lentes pequeños y redondos. Tiene más pinta de ser un profesor despistado que un listo abogado de Nueva York. —Ay, perdóname —se disculpa Carmen en español, y presenta a su colega y amigo, especialista en asuntos de migración: Víctor Espada. Y a Miguel le parece un buen augurio: un abogado cuyo nombre podría interpretarse como "la espada de la victoria".

—Hola, mucho gusto —los saluda en un español impecable. Y es que resulta que los antepasados de Víctor llegaron de México mucho tiempo atrás—. En realidad, no fueron ellos los que viajaron a los Estados Unidos, sino el mismo país el que llegó hasta ellos, en 1848 —Miguel recuerda haber aprendido en clase de historia sobre la Guerra México-Americana, cuando México les entregó a los Estados Unidos un enorme trozo de lo que actualmente corresponde al Suroeste del país, tras perder la guerra.

Luego de las presentaciones, Mami explica la

122

idea del oráculo que se le ocurrió a su brillante hijo.
—Parece un buen plan —dice Víctor, y le hace un gesto amable, de hombre a hombre, a Miguel. Es un halago suficiente, en lugar de un derroche de palabrería, y Miguel lo aprecia.

—¿Qué opinan si hacemos llamar a algunos de los ciudadanos eminentes del pueblo para que hablen sobre tía Lola? —y le dirige una mirada a Miguel, como si estuvieran planeando la estrategia del caso juntos. Y es por eso que la señora Stevens y Rudy y el coronel Charlebois, este último enfundado en su antiguo uniforme del ejército, ingresan también al edificio.

Una vez que el grupo está organizado, la persona a cargo de la recepción llama a un funcionario de Seguridad Interior para que los escolte a la sala de audiencias, donde los espera el juez Reginald Laliberte.

—¿Reginald Laliberte? —pregunta el coronel, pues reconoce el nombre—. Si yo estuve en la Guerra de Corea con su padre. Allí fue dado de baja y su familia quedó huérfana. La madre murió poco después. Me enteré de que a los seis hijos los habían distribuido entre varios parientes, y más de uno fue a parar a un orfanato. Lo último que supe fue que a algunos les había ido bien en la vida, y que otros habían terminado en la cárcel. Supongo que el que vamos a ver es uno de los que les fue bien. El hijo de Reggie, ¡quién lo hubiera pensado!

Miguel no sabe bien si estas son buenas o malas noticias. Suena como si ese juez hubiera tenido una vida difícil, y eso a veces puede hacer que una persona sea más dura de la cuenta con los demás. Pero es demasiado tarde para solicitar otro juez.

Recorren el pasillo en silencio, sobrecogidos por el ambiente sombrío del lugar. Las paredes carecen de adornos, salvo por los afiches con advertencias (prohibido fumar, prohibido el porte de armas de fuego, prohibido sacar fotografías). No hay cuadros de gatitos jugando con ovillos de lana o fotos de pintorescas escenas de Vermont. Solo tía Lola se ve relajada, con su sonrisa constante, como si estuviera por entrar a una fiesta y no a una sala en la que pronto se decidirá su suerte.

—¿No estás nerviosa, tía? —murmura Miguel justo antes de entrar a la audiencia.

—Al mal tiempo, buena cara —responde ella, y le obsequia una sonrisa ultrarradiante. Y eso de poner buena cara es exactamente lo que hace cuando se planta ante el juez, sentado tras un gran escritorio ubicado en un estrado. Es un hombre mayor, de pelo canoso, pero con cejas que no muestran el paso de los años porque son sorprendentemente renegridas. Eso le presta un aire de severidad, como si todo el tiempo tuviera el ceño fruncido.

—Buenos días —dice, con una leve amabilidad—. Todo parece indicar que al fin llegó la primavera.

Miguel sabe que el señor se refiere al día soleado que se asoma por la ventana. Pero no puede evitar pensar que tal vez el juez esté elogiando el vestido floreado de su tía Lola, que queda a plena vista una vez que se desprende de su abrigo.

—Una golondrina no hace verano —le responde tía Lola—. Habrá que esperar para saber si la primavera realmente está aquí.

Víctor traduce el adagio.

—Muy bien dicho —dice el juez, y anota en su libreta—. *A swallow does not make a summer* —murmura, y suelta una risita entre dientes.

—No, no hace verano, pero al menos es un comienzo —agrega tía Lola, y le guiña el ojo al juez cuando este levanta la vista de su libreta.

✳✳✳

Mami es la primera en ser llamada como testigo. El juez quiere conocer toda la historia de cómo vino a dar tía Lola a los Estados Unidos desde la República Dominicana. Mientras Mami cuenta, el juez la escucha con la cabeza baja, como si rezara. Cada tanto, levanta la vista, como si quisiera confirmar la veracidad de algún comentario.

Mami empieza explicando la manera en que su tía Lola se hizo cargo de ella cuando niña, luego de que su papi y su mami murieron (el juez levanta la vista. ¿A lo mejor recuerda la muerte de sus padres?). Y luego se le dio la oportunidad de viajar a los Estados Unidos a estudiar, y allí conoció al que se convertiría en su esposo, otro inmigrante. Se casaron, tuvieron dos hijos, se separaron para después divorciarse (Mami cuenta esta parte con cierta prisa). Luego ella consiguió un empleo en Vermont, pero pensó que necesitaba a alguien más en la familia para cuidar a los niños cuando regresaban de la escuela. Así que tía Lola había llegado de visita y luego decidió quedarse. Su visa, vigente por dieciséis meses, está a punto de vencerse. Por eso, acudieron a un abogado y le pagaron un dineral para que le consiguiera una tarjeta de residencia que le permitiera quedarse con su familia, pero el señor no debió hacer nada porque tía Lola acababa de recibir una carta notificándole que tendría que abandonar el país.

—Yo sé que técnicamente ella no es mi madre, ni la abuela de mis hijos, pero para nosotros eso es lo que es —la voz de Mami empieza a temblar—. Por favor, señor juez, no separe a nuestra familia.

Miguel desea con todo su corazón que su mami no vaya a llorar. Porque si sucede, Juanita va a llorar también, y luego Carmen, quien llora de nada, y seguro tía Lola acabaría sollozando con ellas. Ese juez tan severo podría decidir que su país no necesita más lloronas.

—Su tía, o más bien debería decir su madre, parece ser un miembro muy importante de la familia —reconoce el juez—. Y por el tamaño de la multitud congregada allí afuera —y hace un gesto señalando la ventana— también debe ser una figura muy importante de la comunidad.

—De eso puedo dar fe yo —dice el coronel

Charlebois, avanzando al frente, apoyado en su bastón—. Esta señora es una de las mejores cosas que han sucedido en nuestro pueblo. Y créame que yo ya llevo bastante tiempo en este planeta. Incluso estuve en el ejército con su padre.

El juez observa al anciano señor vestido con su gastado uniforme del ejército. Durante unos instantes, parece que estuviera viendo un fantasma del pasado.

—Su padre fue un verdadero héroe —agrega el coronel, y se endereza todo lo que puede para hacerle al juez el saludo militar.

Este levanta una mano, lentamente, y le devuelve el saludo.

***

Luego de un breve receso, viene el turno de tía Lola. El juez empieza preguntándole qué opina de todas estas alabanzas.

—Me hacen parecer como toda una heroína, cosa que no soy —explica tía Lola en español. Miguel niega incrédulo, queriendo contradecirla. ¡Si se supone que debería estar tratando de convencer al juez de lo extraordinaria que es, en lugar de decirle que todo son exageraciones!—. Pero mejor que ser una persona importante es ser importante para la gente a la que uno ama. Mejor ser cabeza de ratón que cola de león.

El juez ríe cuando Víctor traduce el refrán de tía Lola. Lo repite para sí y lo anota en su libreta.

Uno a uno, los testigos se ponen de pie y dan fe de la valía de tía Lola. Al final, cuando todos los adultos han agotado su turno, el juez se vuelve hacia Juanita y Miguel. —Supongo que las únicas dos personas a las que no he oído en esta audiencia son ustedes. ¿Quieren aproximarse al estrado y presentarse?

Juanita se pone en pie de un salto y se acerca. —Me llamo Juana Inés Guzmán, pero todo el mundo me dice Juanita, todos menos Carmen —comenta sin tropiezos. Y antes de que el juez alcance a hacerle la menor pregunta, se lanza a explicar que su tía Lola es como una mezcla de abuela, tía preferida y mejor amiga. Si se viera obligada a abandonar los Estados Unidos, Juanita solicita permiso para irse con ella.

—Pues eso sería una gran pérdida para el país —afirma el juez, y se ve genuinamente preocupado por perder a Juanita si se va a la República Dominicana—. Espero que tú no quieras abandonar este barco también —dice, estirando el cuello para ver mejor detrás de Juanita, donde está Miguel, aún sentado. Por alguna extraña razón, no ha sido capaz de moverse. Es como si las piernas se le hubieran convertido en dos bloques de concreto. Se siente casi tan asustado como cuando Rafi lo estrelló contra la pared en el túnel del metro.

—Acércate, jovencito —le indica el juez nuevamente—. No hay nada qué temer.

—No es miedo lo que tiene —dice tía Lola en defensa de su sobrino—. Es que sabe que el silencio es una cosa valiosa, que en boca cerrada no entran moscas.

El juez estalla en carcajadas. —¡Definitivamente usted es una señora muy simpática!

—Y debería verla los miércoles en la noche —interviene Rudy, y explica lo que sucede en esas maravillosas cenas comunitarias, con el menú en español y las clases de baile—. En el Café Amigos. Venga a visitarnos y lo verá.

—Todo parece indicar que la señora es bastante extraordinaria, pero quisiera oír a este jovencito. Ya saben que los niños y las niñas son el tesoro de la nación. Y una palabra de su boca vale más que una docena de testimonios de nosotros, los vejestorios.

Luego de semejante motivación, ¿cómo podría Miguel no acercarse al estrado? De repente sus piernas se hacen tan ligeras que podrían ser las de Hermes, el legendario dios griego que tiene alas en los tobillos y en la gorra. Camina hacia el estrado y mira al caballero de pelo gris con sus cejas renegridas y sus ojos de mirada sorprendentemente amable.

—¿Tienes algo qué añadir a este coro de reconocimientos a la señora Lola?

Y Miguel le cuenta lo triste que quedó cuando sus papás se separaron, y cómo ahora se considera afortunado al ver que su familia lentamente se va consolidando y tomando nueva forma. —Ella va a convertirse en mi madrastra —dice y señala a Carmen, que baja la cabeza para ocultar las lágrimas de gratitud que le brotan. Luego, señala a Mami y añade—: Mi mami es muy buena en su trabajo, pero a veces tiene que quedarse hasta muy tarde. Nuestra tía Lola es la única familia que tenemos en Vermont para que le ayude a cuidarnos —en realidad, ella es la que ha mantenido juntos todos los fragmentos de la familia en los momentos difíciles. Pero Miguel no quiere mostrarse demasiado sentimental ante tanta gente.

Mientras lo escucha, el juez lo observa con atención, como si hubiera algo en este muchacho que le recordara al niño que fue en otros tiempos. —Al principio, yo no estaba muy seguro de que fuera buena idea que mi tía Lola se quedara con nosotros, porque ella es un poco diferente y me daba miedo que los demás niños se burlaran de nosotros. Pero cuando pisó nuestra escuela, todo el mundo quedó encantado con ella.

—Es lo mejor que le ha podido pasar a la Escuela Primaria Bridgeport —agrega la señora Stevens.

—Ella es como nuestro oráculo —dice Juanita, repitiendo la palabra que acaba de aprender.

—Y si no me cree, puede preguntarles a todos los niños que están allá afuera —concluye Miguel—. Cualquiera de ellos le dirá eso exactamente.

El juez deja su bolígrafo y respira profundo, como si quisiera pronunciar su veredicto desde el fondo de su ser. —No pretendo romperle el corazón a toda una comunidad, ni a ustedes dos —y señala a Juanita y a Miguel con un movimiento de cabeza—. Encontraremos la manera de que su tía Lola se quede —promete—. Mientras tanto, voy a concederle una extensión de tres meses más, para que en ese plazo sus abogados puedan obtener los documentos de residencia —y ahora señala a Carmen y a Víctor.

Desde el fondo de su corazón, Miguel siente surgir un grito de alegría. El de Juanita lo sigue, y en cuestión de instantes todo el grupo está riendo, chocando palmas y abrazándose entre sí. Tía Lola corre hacia la ventana y agita su bufanda amarilla, a modo de señal de la victoria para la multitud que la vitorea.

—¡Orden en la sala! —el juez se ha puesto de pie en el estrado, con el mazo en la mano, como si pretendiera golpear la cabeza de todos y cada uno para lograr que se callen. La sala queda en un silencio de muerte—. Antes de que se retiren —dice, y hace una pausa teatral—, ¿podrían repetirme el nombre del restaurante?

De regreso por el pasillo del edificio, tía Lola rodea a Miguel con su brazo. —Creo que fueron tus palabras las que marcaron la diferencia —susurra—. Vi cómo cambiaba la cara del juez a medida que hablabas. Probablemente le recordaste su infancia, y eso lo conmovió. Gracias, Miguel, eres mi héroe.

Y tú mi heroína, piensa Miguel, pero sería demasiado cursi decirlo en voz alta frente a toda esta gente. En lugar de eso, repite otro de los refranes favoritos de la tía: —De tal palo tal astilla —en otros términos, si él es un héroe, fue algo que heredó de su tía.

lección 10

Corazón contento es gran talento

El tercer sábado de junio, justo antes de que terminen las clases, la Escuela Primaria Bridgeport organiza su picnic de fin de año escolar.

Por lo general solo asisten los profesores, el personal de la escuela, los alumnos y sus familias, pero este año han invitado a todo el pueblo porque hay algo especial qué celebrar: tía Lola va camino de convertirse en residente permanente de los Estados Unidos. Así, podrá quedarse todo el tiempo que quiera.

Y hay algo más para celebrar: la gente del pueblo ha aprendido tanto español que la mitad de las veces en lugar de saludarse diciendo "*hi*", al cruzarse en la calle dicen "hola".

Se preguntan "¿Cómo estás?" en lugar de "*How are you?*"

"Muy, muy bien", responden, pues parece que

a todo el mundo le va así, y luego comentan "¡Qué buena noticia lo de tía Lola!". Y siguen con "¿Supiste que el juez también viene al picnic?", "¿En serio?" y "¡Sí, señor!", todo esto en español.

Papi y Carmen también vendrán, y traen con ellos a los abuelos. Abuelita ya está bastante recuperada de sus quebrantos invernales como para poder hacer el viaje. Los rastros que queden de sus males desaparecerán al ver a sus dos nietos.

Y con ellos vendrá también el abogado de tía Lola, Víctor Espada, quien llega a Vermont sospechosamente ansioso. Ha estado llamando todos los días para informar las novedades en el proceso de solicitud de tía Lola. Aunque en realidad no haya mayores noticias, llama todas las noches y dice más o menos lo mismo. Tía Lola habla brevemente con él, y luego pasa a Mami al teléfono para que Víctor le dé el reporte también a ella. Y durante la siguiente hora, ambos conversan sin parar. Y también parece que rieran sin parar.

La única nota triste de este final feliz del año escolar es que Ofie y sus hermanas no podrán asistir al picnic. A diferencia de lo que sucedió con tía Lola, los papás de Ofie no pudieron obtener visas y toda la familia será deportada a México.

La señora Stevens reúne a toda la escuela para hacer el anuncio. —Lo lamento mucho —dice, como si fuera su culpa—. Las niñas se están quedando por el momento con una amiga de la familia, mientras se tramita la deportación de los papás. Estamos en contacto con todos ellos y están bien, se los aseguro —la señora Stevens lee una carta que las niñas escribieron para darles las gracias a la escuela, a la directora, a los profesores, a los empleados del colegio, a los alumnos y más que nada a tía Lola—. Nos mandan abrazos, besos y todo su corazón —concluye. Sostiene la carta en alto y se ven, al pie de la hoja de papel, varios corazones rojos—. Pondré la carta en el mural de anuncios de la entrada, para que todos la puedan leer.

Antes de dar la reunión por terminada, la señora Stevens hace un intento por levantarles el ánimo a todos sus alumnos, al tocar el tema de lo que han dado en llamar "el picnic de tía Lola". —Sería excelente que pudiéramos darle alguna sorpresa a tía Lola, así que les pido que piensen y propongan sus ideas.

Pero a pesar de la emoción que despierta el picnic, una especie de nube de tristeza flota sobre la escuela durante el resto del día. Sobre todo en el salón de Juanita, donde el escritorio vacío de Ofie sirve de recordatorio constante. Otra vez Juanita tiene dificultades para concentrarse en sus estudios. Sin embargo, ahora no tiene nada que ver con fantaseos e historias imaginarias, sino la misma vida real que es desconcertante y absorbente.

—Cuando sea grande quiero ser abogada —anuncia esa noche a la hora de cenar.

Mami se deshace en sonrisas: —¿Igual que Víctor?

—Y que Carmen —le recuerda Miguel.

—¿Y por qué quieres ser abogada? —le pregunta su tía Lola.

—Para poder ayudar a gente como Ofie y su familia a quedarse en este país —responde ella.

—Un hijo genio y una hija angelical —suspira Mami—. ¿Qué más puedo pedirle a la vida?

Tía Lola se persigna a toda prisa. —Solo por si acaso —explica cuando Mami la mira. Al fin y al cabo, está alardeando de lo maravillosos que son sus hijos—. Más vale prevenir que lamentar.

Mami repite el refrán, pero en inglés, y mira su reloj antes de retirar los platos de la mesa.

Mientras le ayuda a secar los platos, Miguel pregunta: —¿Son imaginaciones mías o a la gente que habla español de verdad le encantan los dichos?

Mami lo medita un poco: —Supongo que los notamos porque están en otra lengua. Hay cientos de dichos y refranes en inglés, y los usamos todo el tiempo en forma automática —hace una pausa, y Miguel se da cuenta de que está tratando de darle algunos ejemplos.

En ese momento suena el teléfono, y tía Lola grita: —¡Linda!

Mami se seca las manos apurada y luego, al caer en cuenta de que no ha citado ningún refrán en inglés, se disculpa. —Ahora no se me ocurre ninguno pero ¿sabes qué? Voy a preguntarle a Víctor, que es muy bueno en ese tipo de cosas.

De hecho, entre los dos producen una extensa lista

de refranes. Parece que al hablar con él, a Mami se le desatara la creatividad. Tras colgar, recuerda otros tantos por su lado. Antes de darle las buenas noches a Miguel, le entrega varias hojas de papel llenas de refranes y dichos.

Y es por eso que, cuando a la mañana siguiente la señora Stevens visita el salón de Miguel para recoger propuestas para la sorpresa de tía Lola, él levanta la mano. Si hay algo que su tía desea de verdad en el mundo es aprender inglés. Las tres cosas que más le gustan son hacer piñatas, enseñar en la Escuela Primaria Bridgeport y decir refranes. Miguel reunió estas tres cosas para proponer otra de sus brillantes ideas, como diría su mami.

●●●

La brillante idea de Miguel para sorprender a su tía cuelga del enorme arce que hay en el patio de la escuela. La piñata es una copia de la escuela. Cuando tía Lola llega, suelta un grito de emoción. Ahora entiende por qué se le prohibió la entrada al salón de arte durante la última semana.

Y ella tiene su propia sorpresa, cubierta con una sábana. Cuando la descubre, todos quedan sin aliento. ¡No puede ser! También es una piñata en forma de escuela, aunque no es una réplica exacta de Bridgeport. El edificio es de color morado, y el letrero al frente no dice "Bridgeport Elementary School" sino "Escuelita Bridgeport", en letras turquesas. Es un gran cambio de decoración para la escuela, ahora de colores y en español.

Mami y Víctor dicen al mismo tiempo un refrán en inglés: —*Great minds think alike* —que quiere decir algo así como que los genios suelen tener ideas semejantes. Y al darse cuenta de la coincidencia, estallan en carcajadas, y no pueden contenerse durante varios minutos.

—Orden en el picnic —exclama el juez, con lo cual todos los demás se unen a la carcajada.

Los abuelitos se sientan en sillas plegables cerca de la mesa donde se ha dispuesto toda la comida que la abuelita trajo de Nueva York. Pareciera que tenía miedo de morir de hambre en Vermont. Hacia el final de la tarde puede ser que llegue a pensar que todo el pueblo estaba pasando hambre, pues no quedará ni una migaja para llevarse a casa.

Miguel contempla a toda la concurrencia y no puede creer su propia felicidad. Allí se encuentran casi todas las personas especiales de su vida. Además, tiene por delante los dorados días del verano, con juego tras juego de béisbol en el campo que hay detrás de su casa. Y lo mejor es que tía Lola podrá quedarse. La familia no va a separarse nuevamente.

Juanita también se siente afortunada, y más cuando piensa en Ofie. Algún día, si no llega a ser abogada, escribirá un libro sobre una niñita mexicana que llega a Vermont y logra quedarse. El solo pensar en ese final hace que el corazón se le colme de felicidad.

—Muy bien, llegó la hora —anuncia la señora Stevens—. ¿Cómo procedemos? ¿Empezamos por nuestra piñata o la de tía Lola?

De nada serviría tratar de hacer una votación, porque algunos gritan: —¡La de tía Lola! —entre ellos la propia tía Lola, y otros vociferan: —¡La nuestra!

—¿Por qué no se encarga usted de tomar la decisión? —le pregunta al juez, ya que él es la persona de mayor rango entre todos los asistentes.

—De ninguna manera —contesta el juez Reginald negando con la cabeza—. Hoy no quiero tomar ninguna decisión, a menos que se trate de decidir qué voy a comer —y se dirige a la mesa donde la abuelita ya está lista para ofrecerle otra porción de su puerco asado—. Este debe ser el mejor puerco asado que he probado —declara—, y estoy dispuesto a asegurarlo jurando sobre la propia Biblia —le dice, y la abuelita se lo cree sin necesidad de más pruebas, pues ya lo ha visto servirse por tercera vez.

—Muy bien —dice la señora Stevens, y le entrega a tía Lola una escoba—. Usted va primero. Al fin y al cabo, es nuestra invitada de honor —y como solo ella tendrá que romper la piñata que le hicieron todos en la escuela, no hay necesidad de vendarle los ojos.

¡Caramba! ¿Quién iba a pensar que una señora de la edad de tía Lola iba a tener toda esa energía? Bastan tres golpes para que la piñata en forma de escuela explote en mil pedazos.

Empiezan a caer docenas y docenas de papelitos doblados. —¿Qué será? —pregunta tía Lola intrigada, tomando algunos en la mano—. ¿Fortunas y predicciones del futuro?

La señora Stevens ríe: —No, no, tía Lola. Todo fue idea de su sobrino. Dijo que había tres cosas que verdaderamente le gustaban en la vida: una, las piñatas, y por eso hicimos una. Otra, enseñar en esta escuela, y por eso la piñata tiene esa forma. Y por último, los dichos y refranes, así que cada alumno escogió un refrán en inglés para regalarle, e incluyó una breve explicación de su significado. Así podrá aprender más inglés y tendrá todo el verano para estudiarlos.

Uno podría pensar que tía Lola acababa de recibir un cofre de oro, pues se arrodilla en el suelo para recoger todos los papelitos dispersos y los mete en una de las bolsas en las que venía la comida. —Gracias, gracias, gracias —dice una y otra vez al guardarlos.

Ahora es su turno, de presentar su piñata. Primero tiene unas cuantas palabras para decir en un inglés machacado: —Cuando llego a los Estados Unidos, solo tengo tres personas en mi familia: mi sobrina grande, mi sobrina chiquita y mi sobrino. Pero ahora tengo una enorme familia de amigos. Gracias a todos, a todos los alumnos y profesores y a la señora Stevens por darme la oportunidad de aprender a enseñar en la escuelita Bridgeport.

Miguel y Juanita quedan sorprendidos. ¿Dónde aprendió su tía a pronunciar un discurso así en inglés? El misterio se resuelve cuando ven a Rudy que le hace a tía Lola una señal de aprobación, con los pulgares en alto.

La piñata morada de tía Lola es izada a la rama del árbol, junto a los restos de la que hicieron para ella. Para comenzar, a la señora Stevens se le concede un golpe de honor. No atina, y en lugar de pegarle a la piñata golpea la rama con tanta fuerza que hace caer un nido de pájaro, que le aterriza en medio de la cabeza. Todos tratan de contener la risa, pero apenas a alguien se le escapa una mínima carcajada, los asistentes al picnic estallan sin poderlo evitar.

Luego de la señora Stevens viene el turno de los niños de preescolar. Pero como casi todos son muy pequeños, acaban agitando el palo de escoba en el aire. Solo cuando llegan los de tercer curso, todos con los ojos vendados, la paliza empieza a ponerse seria. *Mal asunto*, piensa Miguel, porque a ese ritmo, romperán la piñata antes de que los de quinto curso, a punto de pasar a sexto, alcancen a golpearla.

Finalmente es Milton quien le da el golpe mortal. Y caen docenas y docenas de notitas dobladas. —¿Qué será eso? —se pregunta Milton, algo decepcionado. Las otras piñatas que ha roto antes vienen llenas de dulces y juguetitos.

—Tampoco son fortunas —dice tía Lola, negando

con la cabeza—, sino refranes en español —y aquí tenemos otro par de mentes geniales con ideas semejantes. Se supone que cada persona debe tomar uno y aprendérselo, y así el pueblo entero no solo se volverá bilingüe, sino que además todos serán doblemente sabios.

Mientras tanto, para no desilusionar a los niños, tía Lola saca varias bolsas que había dejado antes bajo la mesa de la comida. Como si estuviera alimentando pájaros en el parque, empieza a lanzar al aire todo tipo de dulces y chucherías. Los niños se arremolinan para recoger sus pequeños premios de fabricación estadounidenses y sus dichos en español: los primeros desaparecen de inmediato, los segundos se conservan con cuidado.

●●●

En el trayecto de regreso, Mami y tía Lola, Miguel y Juanita rememoran los acontecimientos del día. ¡Cuánto se divirtieron en el picnic! Y lo mejor es que la diversión no ha terminado.

Tras ellos, en una *van* alquilada, viajan Papi y Carmen, Abuelito y Abuelita, y Víctor. Todos se quedarán en la casa grande esta noche. —Hay más que suficiente espacio —ofreció Mami con generosidad. Cada vez que Papi y Carmen han venido de visita, se han quedado en el hostal cercano, un lugar no muy agradable.

Tía Lola aprueba el cambio de opinión de Mami:
—Amor con amor se paga —le dice—. Mira nada más lo que Carmen ha hecho por la familia.

—Y también Víctor —agrega Mami.

Hablando de Víctor, este ya ha hecho planes para volver más adelante en el verano junto con sus tres hijos para conocer el lugar. Resulta que está pensando en trasladarse a Vermont, y este le parece el sitio indicado para que un padre viudo críe a su familia.

—¿No les pareció muy gracioso lo de las dos piñatas? —pregunta Mami, y mira por el retrovisor para asegurarse de que los invitados los vienen siguiendo.

—Lo más chistoso fue lo del nido —dice Juanita, sin poder evitar reírse otra vez. La señora Stevens se veía tan cómica con el nido plantado en la cabeza.

—Fue una suerte que estuviera vacío —se ríe Mami—. No creo que le hubiera agradado mucho un enjuague de huevo para el cabello —y todos ríen.

—Ese juez sí tiene un apetito de gigante —comenta tía Lola cuando las carcajadas se apagan.

—A lo mejor de niño tuvo que pasar hambre —les recuerda Miguel y repite la historia que le oyeron al coronel Charlebois sobre la dura infancia del juez.

—Buen punto, Miguel —agrega Mami y mira por el espejo, llena de orgullo materno, a su hijo tan observador—. ¡Vaya, tía Lola! Creo que todos tus refranes han hecho que estos niños se hagan más sabios.

—Y yo también voy a volverme más sabia con todos mis nuevos refranes en inglés —contesta tía Lola, y le da palmaditas a la enorme bolsa de plástico que logró meter en el asiento delantero, a su lado.

—¿No quieres que pongamos eso atrás? —ofrece Mami nuevamente, pero tía Lola se rehúsa a perder de vista su tesoro.

—El ojo del amo engorda al caballo —explica.

—¡Qué asco, tía Lola! —Juanita arruga la nariz, pues le parece completamente asqueroso eso de alimentar a un caballo con los ojos de su dueño. Abre la ventana del carro, pues cree que va a vomitar.

—No, no —dice su tía riendo—. Lo que quiere decir el refrán es que cuando uno se ocupa de las cosas, salen mejor —y le da otra palmadita a la bolsa, como si fuera un caballo.

Y luego pregunta si ya han podido darle una ojeada a los refranes que les salieron en la piñata, quizás por lo que están hablando de refranes.

Juanita no sabe bien dónde guardó el suyo y durante unos momentos de agitación, parece que fueran a tener que detenerse a un lado del camino para mirar en su mochila, que va en el baúl. Pero al fin lo encuentra, en su bolsillo. Lo despliega con timidez.

—¿Y qué dice? —pregunta Miguel. Tras tanta búsqueda, más vale que sea uno bueno.

—No sé leer en español —contesta Juanita, y le tiende el papelito a tía Lola.

—Pero claro que lo sabes hacer —le dice ella, animosa—. Solo tienes que recordar que en español todas las sílabas son sonoras.

—Camarón que se... ¡un minuto! —grita Juanita, como si se hubiera ganado la lotería—. Este refrán ya lo conozco —y tras el entusiasmo inicial por la coincidencia, siente cierta desilusión—: ¡Quería aprender uno nuevo!

—A lo mejor todavía te queda algo por aprender de ese refrán, ¿no crees? —sugiere Mami.

—Supongo que sí —suspira Juanita. ¿Cómo se le ocurren esas cosas a Mami? Desde la partida de Ofie, Juanita ha tenido dificultades para mantener la concentración en las tareas de la escuela. Pero ya casi llega el verano, ¡y hasta los camarones tienen que dormir de vez en cuando! En el próximo año escolar estará en cuarto curso, con montañas de estudio y tareas. Su cerebro necesita unas vacaciones. —¿Y a ti, Mami? —pregunta asomándose al frente desde su asiento trasero—. ¿Cuál refrán te tocó?

—Bueno, veamos —dice Mami, sin darle mayor importancia al asunto, aunque lo leyó cuando Víctor y ella trataron de agarrar exactamente el mismo papelito—. El mío dice: El amor lo vence todo —el mismo dicho que tía Lola usó para desarmar al policía de migración.

—Ese es muy bueno, Mami —comenta Juanita y mira decepcionada su propio refrán—. ¿Quieres que los intercambiemos? —pregunta, como si los papelitos con refranes fueran una especie de láminas de álbum.

—Claro —contesta ella—, pero primero veamos

que le salió a Miguel. A lo mejor podemos hacer un intercambio entre los tres.

Aunque Miguel lo había leído durante el picnic, no recuerda bien qué decía. ¡Había tanto qué hacer y comer y planear con sus amigos. El lunes próximo, su equipo de béisbol irá de visita a la casa para probarse los uniformes que tía Lola ya casi terminó de coser. Y después saldrán al campo que hay detrás de la casa, para jugar hasta que se haya hecho muy de noche para poder ver las bases.

Miguel lee su refrán en voz alta: —Corazón contento es gran talento —y ni hace falta que le pregunte a su tía Lola lo que quiere decir, pues lo entiende a la perfección.

—Bien, muy bien —dice Mami para elogiar el español de Miguel—. Vamos a mandarlos a ambos a la República Dominicana, y allá seguro van a dejar impresionada a toda la familia con el español que han aprendido con tía Lola.

—¿En serio, Mami? —a Juanita ya se le olvidó su deslucido refrán, que tan poca gracia le hizo—. ¿Podríamos ir a pasar la Navidad? ¿Y tal vez podríamos parar en Disney World de camino allá?

—Ya veremos —dice Mami, en un tono de voz que llena de esperanzas a Miguel y a Juanita.

Y hay muchas otras cosas esperanzadoras: el coronel Charlebois ha estado hablando con Mami de venderle la casa, haciendo que la renta mensual sea más bien el pago de las cuotas de compra. Así no tendrán que hacer un cuantioso pago de cuota inicial, y tampoco tendrán que mudarse de la casa.

—¿Por qué no sacas uno de los refranes de tu bolsa, tía Lola? —sugiere Mami—. Veamos cuál va a ser tu primer refrán en inglés.

Tía Lola hunde la mano en la bolsa, revuelve entre los papelitos y saca uno muy bien plegado. Lo abre con cuidado. Alguien que no pudo pensar en un refrán suficientemente bueno se limitó a pintar un corazón, que lo dice todo:

Y como diría tía Lola,
todo lo bueno se acaba.

sobre el español de tía lola y el inglés de esta historia

Tía Lola me pidió que explicara con claridad por qué, aunque ella habla solo español y el resto de las personas que la rodean habla inglés, vemos todo en español.

Esa es una de las cosas maravillosas que pueden suceder en los libros, gracias a la imaginación. Lo imposible se hace posible. Podemos leer la historia de una tía medio mágica que no habla palabra de inglés, rodeada de personas que en algunos casos no hablan nada de español, y entendemos todo lo que se dice. Es por eso que me encantan las historias, pues nos hacen recordar algo que olvidamos a menudo y que tía Lola también nos recuerda: somos una sola gran familia humana, aunque hablemos idiomas distintos y provengamos de diferentes países.

En caso de que se pregunten cómo reconocer una palabra que viene de otro idioma, o de otra lengua, una de las maneras de hacerlo es poner esa palabra en *itálicas*. En este libro se cuelan palabras y frases en inglés, que vienen en itálicas. De esa manera, sabrán que quienes rodean a tía Lola en realidad hablan inglés, pero como es una historia en un libro, los lectores tienen la capacidad mágica de entender ese inglés cual si fuera español.

Cuando se usan palabras en inglés, siempre se da su traducción al español, o me aseguro de que se entienda con claridad lo que quiere decir esa palabra o esa frase en ese momento de la historia. ¡No quisiera que ningún lector se sintiera excluido por no ser bilingüe aún! Mi esperanza (que comparto con tía Lola) es que eso que hacemos como por arte de magia en una historia, o sea entender inglés, lleve a mis lectores a querer aprenderlo de verdad. Ser bilingüe es una manera maravillosa de conectarnos con personas de otros países y entender lo que implica vivir entre sus palabras y su mundo.

A lo mejor en el lugar donde ustedes viven puedan encontrar una especie de tía Lola, que se anime a ir a su escuela y les permita asomarse a esos mundos y esas palabras que están más allá del país en el que nacimos y el idioma que hablamos.

agradecimientos

Así como tía Lola recibió un corazón de un admirador o admiradora en la escuela, yo les entrego a todos ustedes, que me inspiraron o me ayudaron a escribir o traducir este libro, un corazón cargado de gratitud y muchas gracias y *thanks* de esta admiradora que no es tan secreta como el de tía Lola.

Weybridge
Elementary
School

Ruth Herrera

Roberto
Veguez

Lyn Tavares

Susan
Bergholz

Naomi &
Violet

Erin Clarke

Bill Eichner

Mercedes
Guhl

La Virgencita
de la
Altagracia

JULIA ALVAREZ

Entre las novelas para niños y jóvenes escritas por Julia Alvarez se encuentran *Return to Sender, Finding Miracles, Before We Were Free, How Tía Lola Saved the Summer, How Tía Lola Ended Up Starting Over* y *How Tía Lola Came to ~~Visit~~ Stay*, titulada en español: *De cómo tía Lola vino ~~de visita~~ a quedarse. Kirkus Reviews* la describió como una novela "simple, bella, un regalo permanente". Alvarez también es la galardonada autora de *De cómo las muchachas García perdieron el acento, ¡Yo!* y *En el tiempo de las mariposas*, todas traducidas al español. En la actualidad vive en Vermont con su marido y es escritora residente en Middlebury College.

Julia Alvarez creció en la República Dominicana, entre docenas y docenas de tías. "Eran como otras mamás para mí, y siempre me pareció que había una para cada ocasión o estado de ánimo... Cuando empecé a escribir esta historia sobre una tía, no pude decidirme por una sola de ellas. Así que tomé un chin de esta, una cucharada de aquella y una taza de la de más allá: los ingredientes necesarios para mi tía Lola".